黒衣の執行人は全てを刈り取る
天池のぞむ
ill. KeG
キャラクター原案　郡司ネムリ

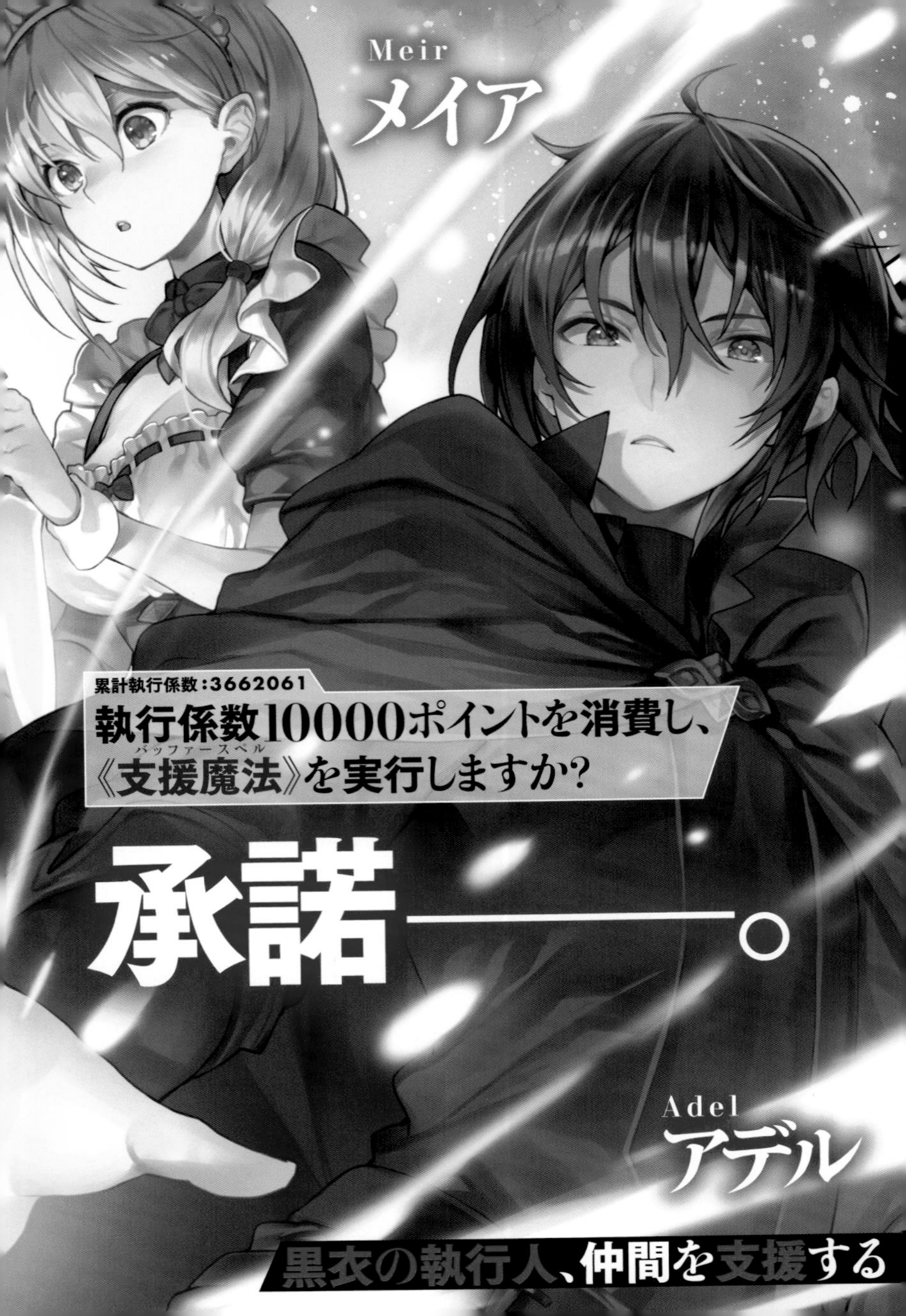
Meir
メイア
累計執行係数：3662061
執行係数10000ポイントを消費し、
《支援魔法《バッファースペル》》を実行しますか？
承諾――――。
Adel
アデル
黒衣の執行人、仲間を支援する

Claes
クレス
Tetty
テティ
俺が念じると、クレスの手にした刺突用片手剣《レイピア》、
メイアの短剣、テティの拳が金色の光に包まれていく。
「わっ、凄いですアデルさん。剣が凄く軽いです」
「対象の使用する武器を強化するジョブスキルを
使用した。これでいくらかは戦いやすくなるはずだ」
「これってマーズが使っていたのと同じ？」
「まあ、そんなところだ」
使用者である俺の近くにいないと効果が
持続できないジョブスキルだが、
この狭い範囲での戦闘なら問題ないだろう。

Cicely
シシリー
「こんにちは、黒衣の執行人サン」
ゴーレムの肩に腰掛けたシシリーは
俺の方に笑みを向けてくる。
外見は幼い少女のようだが、
不思議な妖艶さが感じられた。
「まさか……お前も魔族、か？」
「アハハッ。本当に察しが良いんだね、
黒衣の執行人サンは」
俺が突きつけた問いに、シシリーは実に
楽しそうに笑っていた。
魔族少女との出会い

黒衣の執行は人全てを刈り取る
2
天池のぞむ
ill. KeG
キャラクター原案 郡司ネムリ

本文・口絵イラスト：ＫｅＧ
キャラクター原案：郡司ネムリ
デザイン：ＡＦＴＥＲＧＬＯＷ

## CONTENTS



◆◆◆

# 1章　新たな執行《しっこう》

「ところで、知ってるッスかアデルさん。各国を回っていた『勇者』が帰ってくるらしいッスよ」

昼寝《ひるね》をするにはちょうど良い陽気だなと、そんなことを考えていたある日。

俺《おれ》が経営している酒場――《銀《ぎん》の林檎亭《りんごてい》》を訪《おとず》れていた情報屋のフランから声をかけられた。

王家と魔族《まぞく》が結託《けったく》し、王都リデイルの民《たみ》を傀儡《かいらい》として操《あやつ》ろうとしていた陰謀《いんぼう》を阻止《そし》してから数日。

問題の発端《ほったん》となった王家が民衆の蜂起《ほうき》によって解体され、俺たちの国はヴァンダール共和国として新たな道を歩もうとしていた。

一連の事件の解決に協力してくれた面々を集め、近々食事会を行うことになっているのだが、フランが勇者の話を振《ふ》ってきたのは、その打ち合わせを終えた後のことである。

「へぇ……。あの勇者が、ねぇ」

俺は欠伸《あくび》を噛《か》み殺しながら、カウンター上の籠《かご》に入った林檎に手を伸《の》ばした。

フランはいつも通りカウンターに行儀《ぎょうぎ》悪く腰掛《こしか》け、俺と一緒《いっしょ》に林檎を齧《かじ》り始める。

目を向けた先では侍女《じじょ》のメイアと獣人《じゅうじん》のテティが《銀の林檎亭》の開店準備をしてくれているところだった。

「アデルさんは会ったことあるんでしたっけ？　その勇者と」

「ああ。ヴァンダール王家を追放される前に一度だけな。正直、俺の嫌《きら》いなタイプだったが」

この世界に生きる者が神から授《さず》かるジョブという異能の力。

二年前、俺は【執行人】という使い道の無いジョブを授かった無能と罵《ののし》られ、父王シャルルに王家からの追放を命じられた。

その後、メイアと出会ってこの世に蔓延《はびこ》る理不尽《りふじん》を駆逐《くちく》するための《復讐《ふくしゅう》代行屋》を始めるようになり、依頼《いらい》を受ける中でテティやフランを始めとしてたくさんの人物と関《かか》わってきた。

俺が勇者と会ったことがあるのは、それらの出来事よりもずっと前――まだ俺が王宮にいた頃《ころ》、勇者が俺の父シャルルに謁見《えっけん》しにやって来た時のことだ。

勇者は二人の仲間を引き連れていて、シャルルに対し世界各地の魔獣《まじゅう》を討伐《とうばつ》するのだと豪語《ごうご》していたのを覚えている。

その去り際《ぎわ》に勇者が一人の仲間に向けて放った言葉。

――とっとと歩け、このウスノロ野郎《やろう》。お前を王様との謁見に連れてきてやっただけでもありがたいと思えよ。

と、仲間を軽《かろ》んじる発言をしていたため、俺は勇者に対して良い印象を持たなかった。自分の権力や立場関係を振りかざして仲間を見下すのは、ロクな奴《やつ》じゃない。

「へえ。そりゃ確かにアデルさん嫌いそうッスね。フランもそういう人を見下すタイプは苦手ッスけど」

俺が勇者に出会った時のことを伝えると、フランは納得《なっとく》したように頷《うなず》いていた。

勇者とは、特に優《すぐ》れた実力を持つと父シャルルが認めた冒険者《ぼうけんしゃ》に与《あた》える肩書《かたがき》だった。元々は、かって千年前に魔族と人間が争っていた頃、大戦で大きな功績を上げた人物に与えられる称号《しょうごう》だったと聞くが……。

今にして思えば、シャルルは勇者に各国を回らせ、《人類総支配化計画》のための情報を収集しようとしていたのではないかと思う。勇者という称号は、そんなシャルルにとって都合の良い称号だったのだろう。

「アデル様。準備、できました！」

酒場の開店準備を終えたらしいメイアが、横にまとめた銀髪《ぎんぱつ》を揺《ゆ》らしながら近づいてきた。

メイアは給仕《きゅうじ》服に身を包んでいて、いかにも「酒場の看板娘《むすめ》」といった外見だが、実はこれで暗殺者一族の生まれである。

人を殺すことを固く拒《こば》み、暗殺者一族を抜《ぬ》けてからというもの、メイアは俺と一緒に酒場を営んできた。もう一つの仕事である《復讐代行屋》についてもサポートをしてくれながら。

「テーブルもお花の飾《かざ》り付けも、バッチリ」

メイアの横では、テティが獣人族特有の尻尾《しっぽ》を楽しげに振っていた。

かつて獣人族が王家の陰謀に利用されそうになった一件の後、テティは助けてくれた恩返しがしたいと言ってこの《銀の林檎亭》で働いてくれている。

メイアもテティも、今となっては《銀の林檎亭》にとって……いや、俺にとってもかけがえのない存在になっていた。

「ありがとうな、メイア、テティ。……と、そろそろ酒場も開店時間だな」

「はい。私、看板出してきますね」

メイアが軽い足取りで店外へと向かうと、フランがぴょんとカウンターの上から降りる。

「さて、と。それじゃフランはそろそろ失礼するッス」

「ああ、フランもサンキュな。また何か情報があったら頼《たの》む」

「りょーかいッス。王家が解体されてから、反発する貴族の中にも動き出してる連中がいるみたいッスからね。そっちの方も調べておきますよ」

俺が礼を言うと、フランはひらひらと手を振って酒場を出ていった。

俺はそれを見届けながら、手に残っていた林檎をまたひと齧りする。

今日は酒場に——そしてもう一つの仕事である《復讐代行屋》にはどんな客が来るだろうか。

＊＊＊

「ったく、どうなってんだこの国はよぉ！」

アデルたちの酒場で食べた食事の余韻《よいん》に浸《ひた》りながらフランがお腹《なか》を擦《さす》っていると、そんな品の無い不満を口にしながら冒険者の一団が歩いてきた。

数は四人。

一番後ろには大荷物を抱《かか》えた少年、その前に大きめの魔女帽子《ぼうし》を被《かぶ》った魔法使いらしき少女と、無骨な鎧《よろい》を纏《まと》った戦士らしき男。そして先頭には、きらびやかな武具を誇示《こじ》するかのように大股《おおまた》で歩く男が一人。

「こっちは世界を回って旅してきたってのに、これじゃあ報酬《ほうしゅう》の金ももらえねぇじゃねえか！」

先頭の男が吠《ほ》える。苦手なタイプだなと、フランは思った。

「しかしなぁ。王家が事件を起こして、王様もいなくなっちまったんじゃどうしようもねえしなぁ……」

「街の人が言うには、《黒衣の執行人》という人物が王家の陰謀を阻止したらしいけどね」

「……」

続いたのは戦士の男と魔法使いの少女だ。

最後尾《さいこうび》で大荷物を担《かつ》いでいる少年はただ黙《だま》って歩いている。

「チッ。それじゃあ、その黒衣の執行人とかいう奴のせいだな。報酬が貰《もら》えなくなったのは」

先頭の男が苛立《いらだ》たしげに道端《みちばた》の小石を蹴飛《けと》ばす。その小石が偶然《ぐうぜん》歩いていた通行人の足に当たったが、男は謝罪すらしなかった。

「とりあえず気晴らしに酒場でも行こうぜ、酒場。おい、嬢《じょう》ちゃん。この近くに酒が飲めるところねえか？」

不意に先頭の男がフランに声をかけてきた。

フランは面倒《めんどう》くさいなと思いながらも、近くにある酒場――《銀の林檎亭》を指差す。

「酒場ならそこにあるッスけど」

「おお、サンキュな。ん？　嬢ちゃん中々可愛《かわい》らしい顔してんじゃねえか。どうだい？　俺たちと一杯《ぱい》やるってのはよ。俺は太っ腹だからな。いくらでもご馳走《ちそう》してやるぜ？」

さっき報酬が貰えないと当たり散らしていたのではなかったか、とフランは思ったが、言葉には出さない。

また、フランはその男に対し生理的に受け付けない輩《やから》だなという印象を抱《いだ》いたが、丁重《ていちょう》に断りの言葉を返すだけにしようと決めた。

「……遠慮《えんりょ》しとくッス」

「そうかい？　そりゃ残念だなぁ。まあ良いや、早いところ酒でも飲んで憂《う》さ晴らしするか」

幸いにも男はそれ以上フランに絡《から》むこと無く、興味を酒場の方へと向けてくれたようだ。

フランは男たちに気付かれないよう小さく嘆息《たんそく》する。

「おいマーズ！　テメェ、何ちんたら歩いてやがんだ！　さっさと行くぞ！」

男が一番後ろで大荷物を抱えている少年にかけた言葉には、仲間にかけるそれとは思えないほど侮蔑《ぶべつ》の感情が込《こ》められていた。

「は、はい……。すみません、すぐに行きます――勇者様」

その一団の中で唯一《ゆいいつ》、少年だけがフランに向けてお辞儀《じぎ》をする。

そして、すぐに罵倒《ばとう》を浴びせられた男の元へと駆《か》け出していった。

「……ご愁傷《しゅうしょう》さまッス」

独りになってフランが呟《つぶや》いたその言葉は、少年に向けてではなく、《銀の林檎亭》に入っていく勇者と呼ばれた男に対するものだった。

＊＊＊

「いらっしゃいませー。四名様でよろしいですか？」

俺がフランを見送ってすぐ。

看板を出すため酒場の入り口付近にいたメイアから声が聞こえてきた。

どうやら本日、一組目の客が来たらしい。

「ハハハッ！　ガラガラじゃねえか。貸切状態とはツイてるなぁ」

先頭にいた男が酒場に入ってくるや否《いな》や、いきなりそんな言葉を口にする。

それが俺たちの酒場に対する皮肉であることは明らかで、俺の近くにいたテティは、頭から生えた耳をピンと尖《とが》らせ不満げな様子だった。

そして俺はズカズカと店内に入ってきた男を見て、ふと思い出す。

――コイツは、確か……。

利発そうな外見とは裏腹の、横柄《おうへい》な態度。

そう。

それは二年前に俺がヴァンダール王宮にいた頃、父王シャルルと謁見していた勇者――イブール・レイナスの姿だった。

「……」

――まあ、客として来てるわけだし普通《ふつう》に応対するか。

俺はテティの頭にポンと手を置いてから、勇者イブールの一団の方へと歩み寄る。

「まだ開店直後なもんでね。お客さんも入ってないんですよ」

「おう、アンタが酒場のマスターか？　すぐに酒を出してくれ。ムカつくことがあってよぉ」

どうやら向こうは俺のことに気付いていないらしい。

謁見の時は隅《すみ》にいただけだし当然か。

「それにしてもこの酒場、花だらけじゃねえか。センスねえなぁ」

イブールが案内された卓《たく》に向かう途中《とちゅう》で呟く。

それを聞いたメイアは何とかこらえたらしい。……笑顔《えがお》の上に青筋を立ててはいたが。

「あ、あの、お邪魔《じゃま》します」

「ん？　ああ」

大荷物を抱えながら歩いていた少年がペコリとお辞儀をしてきた。

俺はそれを見て、確か謁見の時に罵られていた少年だなと思い当たる。

「おいマーズ、とっとと来やがれ！」

「は、はい」

イブールに急《せ》かされ、マーズと呼ばれた少年が慌《あわ》てて卓の方へと向かっていった。

俺はその少年の動きを目で追った後、案内を終えて戻《もど》ってきたメイアと視線を交《か》わす。

「アデル様」

「ああ。あの所作、かなりの実力の持ち主らしい」

「そうですね。どうやらお仲間の中では立場が低いようですが」

遅《おく》れて卓に入ったマーズがイブールに小突《こづ》かれているのを見ながら、俺はメイアとそんなやり取りをした。

荷物持ちをさせられているようだが、あのマーズという少年は勇者なんかよりもよほど手練《てだれ》のように感じる。

「気にはなるが……。まあ、普通に接客してくれ」

「分かりました、アデル様」

「うん、分かった」

俺の言葉にメイアとテティが頷く。


それから勇者イブールが酒を飲み始め、しばらく経ってからのことだった。

「しっかしよぉ！　王様から報酬を貰えるはずだったのに、完全にアテが外れたぜ！」

イブールが酒器を卓の上に叩《たた》きつけ、苛立たしげに叫《さけ》ぶ。

話を聞く感じでは、俺の父シャルルに命じられて各国を回ったというのに、戻ってきたら王家が解体されていたと。

それによって受け取れると思っていた金を得ることができず、イブールは不満を爆発《ばくはつ》させているらしい。

「お前が戦力になりゃあ、もっと早く戻って来れたってのによ。報酬がもらえなかったのはお前のせいだぞ、マーズ！」

「す、すみません……」

どうやらイブールの不満の矛先《ほこさき》はマーズという少年に向かったらしい。

同卓していた他の仲間たちはイブールを諌《いさ》めず、マーズを庇《かば》うこともしない。

戦士風の男はケラケラと笑いながらイブールに賛同し、魔導師風の少女はただ黙々《もくもく》と目の前にある食事に手を付けていた。

「ったく。俺はこの聖剣《せいけん》に認められた勇者だぞ。その俺が動いてやったんだから、それに見合う対価を寄越《よこ》しやがれってんだ」

「……」

言って、イブールは背に差していた剣を抜いてしげしげと眺《なが》めていた。

――あれが勇者が持つとされている聖剣か。

イブールが持っている剣は、刀身に金の光を纏っていた。その光は神々《こうごう》しいと表現しても過言ではなく、文字通り異彩《いさい》を放っている。

確かに普通の剣とは違《ちが》う力を持っているように感じられるのだが……。

「……」

誇《ほこ》らしげに聖剣を掲《かか》げているイブールの傍《かたわ》らで黙しているマーズの方が、俺には気にかかった。

「そういえばよぅ、イブール。前々からお前が話していたアレ。そろそろ良いんじゃねえか？」

「……そうだな。新しいメンバーにも目処《めど》がついたし、もう良いかもなぁ」

「……？」

戦士風の男が言って、イブールは何かを思い出したかのように不快な笑みを浮《う》かべる。その隣《となり》に座《すわ》っていたマーズは、二人のやり取りの意味が分からない様子で困惑《こんわく》していた。

「よぉ、マーズ。お前に伝えなきゃならないことがあるんだがよ」

イブールはマーズの方を向いて前置きをする。

そして――。

「お前は今日限りで追放だ。このパーティーから出ていきやがれっ！」

イブールは実に偉《えら》そうな口調で宣《のたま》ったのだった。

「追放……。僕《ぼく》が、ですか？」

「その通りだ、マーズ。王様から褒賞金《ほうしょうきん》も貰えなかったたし、これ以上お前を抱えている余裕《よゆう》はないんだよ」

勇者イブールが酒を飲み干し、マーズに告げる。余裕がないと言う割には派手に飲み食いしているようだが。

「いいか、もう一度言ってやる。お前はもうこのパーティーに不要なんだよ！」

「……」

――不要、か……。

その光景を見ながら、自然と目を細めていた。

俺も昔そんなことを言われたなと、そんな思いが自然と胸の内に浮かんでくる。

「とはいえ、お前とも長い付き合いだ。流石《さすが》に何もなく追放するほど、俺も鬼《おに》じゃねえ」

「え……」

「ほらよ、これがお前の退職金だ。俺の気持ちだとでも思ってくれりゃあいい」

――コツン。

イブールが何かを指で弾《はじ》いた。

それは一枚のシドニー銀貨で、マーズの額に当たった後はむなしく卓の上に転がる。

「ク、クハハハ――ッ!」

一瞬《いっしゅん》の沈黙《ちんもく》の後で、勇者イブールの不快な高笑いが響《ひび》く。

追放を宣告されたマーズという少年はかつて、謁見の時にもその場にいた。

つまり、イブールにとってマーズは、少なくとも二年以上は一緒に旅をした仲間のはずなのだ。

その仲間を、イブールは罵倒の言葉とともに銀貨一枚で切り捨てるらしい。

この場でぶん殴《なぐ》ってやりたくなったが、俺はあることに気付き思い留《とど》まる。

――そうか、あの少年は……。

「アデル――」

手を出さなくて良いのかと、訴《うった》えかけるような目でテティが見上げてくる。

テティとしてはイブールの言動に対する苛立ちよりも、マーズが不遇《ふぐう》な立場に追いやられるのではないかという心配の方が強いのだろう。

「ああ、悪いが我慢《がまん》してくれ」

「ん……。アデルに何か考えがあるならわたしも我慢する」

テティの頭を撫《な》でてメイアと視線を交わす。

メイアは俺の考えに気付いたようで、何も言わずに頷いてくれた。

「さすがだなぁ、勇者よ。マーズなんかに銀貨をくれてやるとは」

「太っ腹だろ?」

「おいおい、コイツあまりのショックで立てねぇみたいだぜ」

「やれやれ。……おい、他の店に行こうぜ。こんな陰気《いんき》な奴と一緒にいたら酒が不味《まず》くならぁ」

「……」

イブールと戦士風の男は何が面白《おもしろ》いのか、マーズを嘲笑《あざわら》いながら席を立つ。それに従って魔導師風の少女も立ち上がるが、彼女《かのじょ》は沈黙したままだった。

イブールがカウンターにいる俺の所までやってきて、数枚のシドニー銀貨をばらまく。

「それじゃマスター、ご馳走さん」

「……銀貨の枚数が多いようだが?」

「ああ、良いってことよ。客も入ってねえようだしな。聖剣に選ばれた勇者イブールが立ち寄った酒場って言えば、これからはもうちょっと客も増えると思うぜ」

イブールは背に差した聖剣を誇示するかのように見せつけた後、ニヤリと笑みを浮かべる。

他人を見下さないと生きていけないのか、コイツは。

「ああ、そうだ――」

酒場を出ていこうとしたイブールが何かを思い出したように尋《たず》ねてくる。

「マスター。《黒衣の執行人》って奴を知らねぇか？　ソイツのおかげで今回は報酬を貰いそこねちまってな」

「…………さてね」

「そうかい。もし居場所を知ってたら一発ヤキを入れてやろうと思ったのによ」

イブールは鼻で笑った後、来た時と同じくズカズカと大股で歩きながら《銀の林檎亭》を出ていった。

それに戦士風の男と魔導師風の少女が続く。

と、魔導師風の少女が卓に残っていたマーズの方を振り返って声をかけた。

「じゃあね、マーズ。短い間だったけど、色々と楽しいものが見れたよ。新しいパーティーでも見つけて頑張《がんば》ってね」

「……？」

魔導師風の少女が印象的な紫《むらさきいろ》色の髪《かみ》を掻《か》き上げ、手にしていた大きめの魔女帽子を被る。

それは彼女なりの別れの言葉だったのだろうか。確か、二年前の謁見の時にはいなかった人物だと思うが……。

少女は魔女帽子の奥《おく》で僅《わず》かに笑っていたが、イブールの浮かべていた笑みとは意味合いが違う気がした。

「メイドのお嬢さん、ご馳走さま。お料理、とても美味《おい》しかったわ。そっちの獣人の子も、ありがとうね」

「え……？　あ、はい。ありがとうございます」

「あ、ありがとうございました」

魔女帽子を被った少女がメイアとテティに声をかけ、そして俺の横を通り過ぎようとする。

「マスターさんも、ね……」

「……」

そう言葉を残して魔女帽子の少女が出ていくと、酒場の中は静かになった。

——気になる少女だったが……。今はマーズの方だな。

俺は気を取り直し、卓に残ってうなだれたままのマーズの元へと歩み寄る。

「君、ちょっと良いか？」

「あ………。す、すみません」

マーズは酒場から出て行けとでも言われると思ったのか、怯《おび》えたように反応する。

「これ、喰《く》うか？　旨《うま》いぞ」

「え……。林檎、ですか？」

「ああ。気落ちしている時に喰うと元気になれる」

「あ、ありがとうございます」

マーズは俺が差し出した林檎を受け取ると、おずおずといった感じで口を付ける。メイアがそれを見て微笑《ほほえ》んでいるのが目に入った。

「あれ、おかしいな……。あれ……？」

林檎を齧っていたマーズの目から涙《なみだ》がこぼれる。

それがどういう感情によるものかは何となく分かる気がして、俺はマーズの肩《かた》にそっと手をのせた。

「すみません……。僕……」

「別にいいさ。他に客もいない酒場だしな」

「あ、はは。マスターさんがそれを言うんですね」

俺の言葉に、マーズは少しだけ笑顔を見せた。


そうして少し時間が経ってから。

林檎を食べ終えて少し落ち着きを取り戻したマーズに向け、俺は気になっていたことを尋ねることにする。

「マーズ、君に少し聞きたいことがある」

「……？　何でしょうか？」

「さっきのクソ勇者が持っていた聖剣。あれに力を与えていたのはマーズ、君だろう？」

「あ……」

俺の言葉にマーズは僅かに声を漏《も》らし、目を見開いていた。

＊＊＊

一方その頃。

「しっかし、マーズを追い出したらせいせいするかと思ったが、何か物足りねえなあ」

アデルの酒場――《銀の林檎亭》を後にした勇者イブールは不満げに地面を蹴《け》っていた。

「勇者よ。それなら良い案があるぜ」

「ん？　何だ、ドーマン。言ってみろよ」

勇者イブールがドーマンと呼んだ戦士風の男がニヤリと笑って言葉を続ける。

「この王都の近くにモンスターが出る森があるって言うぜ。そこのモンスターでも倒《たお》して冒険者協会に報告するってのはどうだ？」

「うーん。勇者が受ける依頼としては、何か派手さがねえなあ……」

イブールは始め、ドーマンからの提案に不服そうな表情を浮かべていた。

が、最近はパーティー内の金銭事情が少し厳しくなっていたのも事実である。もっともそれは、イブールが先程《さきほど》のように見栄《みえ》を張るからということが原因の一つでもあったのだが。

「まあ確かに華《はな》はないかもしれんが、この国は王家解体の件もあってゴタゴタしているらしい。冒険者協会に倒したモンスターを引き渡《わた》せばいくらか金になるんじゃねえかな？　恩も売れるだろうしな」

「む、確かにドーマンの言う通りかもな。ストレス発散にもなるだろうし。この勇者様が請《う》け負う依頼としてはちょっと物足りねえが、明日は久々にモンスター狩《が》りといくか！」

「ああ、そうしようぜ。お前の聖剣があればどんなモンスターでも楽勝だしな！」

そんなやり取りを聞きながら、後ろを歩いていた魔導師風の少女がイブールとドーマンに聞こえないくらいの声量で呟く。

「まったく……。その聖剣が誰《だれ》の力によるものだったのか知りもしないで、呑気《のんき》だこと。まあ、馬《ば》鹿《か》どもにはそれがお似合いかもね――」

魔女帽子の奥で少女の口の端《はし》が上がり、他の二人がそれに気付くことはなかった。

＊＊＊

「マーズさん。よろしかったらこちらをどうぞ」

「あ……、ありがとうございます」

メイアが用意した紅茶に口を付けながら、マーズはちらりとこちらを覗《のぞ》く。そして、躊躇《ためら》いがちに尋ねてきた。

「あの、どうして分かったんですか？」

「どうして分かったのか？」とは、なぜ勇者イブールの聖剣にマーズが力を与えていると気付いたのか、ということだろう。

マーズの問いに続けて、テティも獣耳《けものみみ》をピクピクと反応させながら疑問を投げてくる。

「わたしもそれが気になった。確かに勇者の人はすごく嫌《いや》な感じだったけど、持ってた剣は確かに凄《すご》い力を持っていると思った。それがこの人の力だって、どうして分かったの？」

「さっきあのクソ勇者が聖剣を抜いた時に刀身が光っていただろう？」

「ああ、うん。あの金色の」

「そう。あれは聖剣が持つ力なんかじゃない。十中八九、《支援魔法《バッファースペル》》を付与《ふよ》した光だ」

「ばっふぁーすぺる？」

俺はテティの言葉に頷き、その魔法の使い手であろうマーズを見やる。

「マーズ。君のジョブは【付与魔術師《エンチャンター》】だ。そうだろ？」

「ど、どうして……？」

「昔、同じジョブの使い手に会ったことがある。そいつが使うジョブスキルの気配と酷似《こくじ》していたからな」

「な、なるほど……」

厳密に言えば、その使い手はジョブスキルを悪用していた過去の執行対象である。執行する際にイガリマでジョブを刈《か》り取ってやったため、今は俺の行使できるジョブスキルの一つになっているのだが、そこまでは言及《げんきゅう》しなくて良いだろう。

そのあたりの事情を知っているメイアは黙って笑みを浮かべていた。

マーズは酒場に入った時から、大荷物を抱えながらも俊敏《しゅんびん》な動きをしているように見えた。あれも自身の肉体を《支援魔法《バッファースペル》》で強化していたからだろう。

あの勇者の聖剣にかけている《支援魔法《バッファースペル》》然《しか》り、ジョブスキルを常時使用して平然としているだけでも相当な使い手であることが窺《うかが》える。

「勇者さんは聖剣の力をかなり誇示していたようですけど、それはマーズさんのジョブスキルによるものだったと……。勇者さんご本人は気付いているんでしょうか？」

「僕のジョブが《支援魔法《バッファースペル》》の使い手であることはみんな知っています。ただ、勇者様は僕のかけている《支援魔法《バッファースペル》》には微々《びび》たる効果しかないと思っていたみたいで。説明は何度もしたんですが……」

「ああ、なるほど。あの態度じゃ聖剣に認められた自分の力だとか思ってそうですね」

メイアの言葉を受けてマーズが遠慮がちに頷く。

それであんな風に切り捨てられた、というわけか。どうやらあの勇者は横暴なだけでなく、とんだ節穴らしい。

聖剣に認められたということで舞《ま》い上がったままここまで来てしまったんだろう。一度の成功体験を着飾《きかざ》り続けて思考停止する連中はよくいるし、珍《めずら》しいことでもない。

ただ、他人を理不尽に突《つ》き落とそうとするあの態度は許せたものではない。

「しかし、君はどうしてあの勇者と一緒にいたんだ？　見た感じ待遇《たいぐう》が良かったわけでもないだろう？　君ほどの《支援魔法《バッファースペル》》の使い手なら引く手数多《あまた》だと思うが」

「……実は、元々僕たちは同じ村の出身なんです」

「同じ村の？」

「はい。といってもシシリーさん――あの紫髪の、魔女帽子を被っていた人は違うんですが」

「……」

「僕たちの住んでいた村から聖剣を抜いた者が現れたって大騒《さわ》ぎになって、それがあの勇者様でした」

「ねえアデル。聖剣って何？　あの勇者って人が持ってたものというのは分かるんだけど」

「ああ。千年前の魔族との大戦の時に残されたとされる古代遺物だ。資格を持った者のみが取り扱《あつか》える代物《しろもの》だとか聞いたことがある」

「資格？」

「俺も詳《くわ》しくは知らないが、この世界にはそういう原理の分かっていないものがあるんだよ。ジョブの能力とはまた違って、特殊《とくしゅ》な力を発揮するものがな」

「……ああ」

テティも心当たりはあるだろう。

以前、この国の民を精神操作しようと俺の父シャルルが使用していた《ハイジアの杯《さかずき》》。注いだものの性質を高める効果がある宝物だ。あれも古代の遺物としてヴァンダール王家が保管していたものだった。

そして、恐《おそ》らくはテティがかつて教会に捕《と》らわれていた時に着けられていた奴隷錠《どれいじょう》についても古代の遺物だろう。

「それでな、古代の遺物というのは誰でも扱えるものじゃないとされているんだが……」

「つまり、その古代の遺物を扱える人が資格を持ってるってことなのかな。分かったような、分からないような」

まあ、テティがそう思うのも無理はない。

神がこの世界に生きる者にジョブを与える理由が判明していないのと同じように、古代遺物についても扱える人物が限られているということはこの世界の謎《なぞ》とされている。

これまで数多くの歴史学者がその謎を繙《ひもと》こうとしてきたが、法則性のようなものは見つけられておらず、「神の気まぐれ」とかいう至極曖昧《しごくあいまい》な言葉で締《し》めくくられているのが実状だ。

マーズが言うには、その神の気まぐれにあの勇者が選ばれたということなのだろうが、今は聖剣のことよりも勇者とマーズの関係性が気になった。

「それでですね、村長に命じられて僕も同行するようになったんです」

「なるほどな」

つまり勇者イブールとマーズは幼馴染《おさななじみ》ということだ。それがあんな風に切り捨てられるとは。マーズも泣きたくなるだろう。

「はは……。これから僕、どうしたら良いんでしょうね。神様からもらったこのジョブを、少しでも人のためになるように使いたいって思ってたんですが……」

「……」

こんな理不尽な状況《じょうきょう》を作り出したあのクソ勇者に対して怒《いか》りが湧《わ》いてくるのを感じたが、俺にとって今はマーズの今後の方が重要だ。

俺は一つ息を吐《は》き、意気消沈《いきしょうちん》しているマーズに語りかける。

「なあマーズ。信頼《しんらい》できる冒険者なら俺も何人か知っている。もし君が良ければなんだが、紹介《しょうかい》してやれるがどうだ？」

「え……。い、良いんですか？」

「ああ。さっきも言った通り、君ほどの《支援魔法《バッファースペル》》の使い手なら、逆にスカウトしたいと言い出す連中が大勢いるだろうよ」

俺がそう告げると、マーズは目を輝《かがや》かせて大きく頷いた。


「こ、これは……!?」

「すっげえ！　めちゃくちゃ体が軽いぜ！」

「これだけの人数を一斉《いっせい》に強化できるなんて、マーズさんアンタ何者なんだ!?」

翌日の昼下がり――。

俺は《銀の林檎亭》に三人の冒険者を招いていた。

かつて孤児院《こじいん》の放火事件が起こる前、レイシャに金を盗《ぬす》まれたとして俺に依頼をしてきた冒険者たちである。

この冒険者たちを招いたのはもちろんマーズのことを紹介するためだ。

多少抜けているところはあるが、レイシャの事情を知った後は孤児院再建に対して資金援助《えんじょ》を申し出た気の良い連中であり、信頼に足る人物たちだと思う。

俺が冒険者たちにマーズのことを紹介した後のこと。

冒険者たちがジョブの力を見たいと言い出したため、マーズが【付与魔術師《エンチャンター》】のジョブスキルを披露《ひろう》して、今に至る。

「なあマーズさん。この《支援魔法《バッファースペル》》ってのはどれくらいの時間、維持《いじ》してられるんだ？」

「ええと……。起きている時ならずっとかけ続けることもできますが」

「は……？　それじゃあ、常時この《支援魔法《バッファースペル》》の効果を受けられるってことか……？」

「は、はい。そうなります」

マーズのジョブの力を体験した冒険者たちは皆《みな》、ポカンと口を開けている。

「なあマーズさん。アンタ、前にいたパーティーを追放されたって本当なのか？」

「残念ながら……」

「それはまたどうしてなんだい？」

「ええと……。もうお前は不要だから、と……」

「「馬鹿なんじゃねえのか、ソイツ」」

冒険者たちの意見が見事に同調する。まあ、それはそうなるだろう。

ともあれ、マーズの件については良い方向に進みそうだ。

「マーズさん、良かったですね」

「そっか。だからアデルはあの時、我慢しろって言ってたんだね」

「ああ。あそこで手出ししてあの勇者のパーティーに残るより、この方がマーズにとって良いかと思ってな」

「ふふ。アデル様、流石です」

冒険者連中から質問攻《ぜ》めにあっているマーズを遠巻きに見て、俺はメイアやテティと言葉を交わす。

そんな中で、俺はある人物の言葉を思い出していた。

——じゃあね、マーズ。短い間だったけど、色々と楽しいものが見れたよ。新しいパーティーでも見つけて頑張ってね。

確か、あの勇者パーティーにいた魔女帽子の少女は、マーズに対してそんな言葉をかけていた。

酒場では特に目立った会話をしていたわけではなかったが、一緒にいたイブールや戦士風の男とは雰囲気《ふんいき》が異なり、どこか印象に残る少女だった。

もしかしたら、あの少女はこうなることを見越《みこ》していたのだろうかと、そんな考えが浮かんでくる。

「じ、実戦でも試《ため》してみてぇな……」

と、冒険者の一人が発した言葉で俺は思考を中断された。

「ああ……。マーズさんの《支援魔法《バッファースペル》》を受けて戦ってみたらどれだけの力が出せるのか、ぜひ味わってみたいもんだ」

「それなら、《セントールの森》でどうだ？　あそこならここから近いし、出現するモンスターもそんなに強くねえ。どうかなマーズさん？」

「は、はい。僕は構いませんが……」

マーズが俺の方をちらりと見てくる。

まあ確かに冒険者たちの気持ちも分かるし、実戦で見てもらった方が良いだろう。

俺はマーズに頷き、皆で《セントールの森》へと向かうことにした。

＊＊＊

一方その頃、《セントールの森》にて。

「ハァ、ハァッ……」

勇者イブールが息を切らしながら下級の魔獣と対峙《たいじ》していた。

「お、おい勇者よ、どうしちまったんだ？　いつもならモンスターなんて一撃《いちげき》で倒しちまうってのに……」

「わ、分からねぇ。何かこの森おかしいぞ。聖剣の力が封《ふう》じられているような感じだ。いつもの金色の光もねえし……」

「確かに、何だかオレも体が重いぜ。この森全体に何か特殊な魔術でもかけられてるのかもしれねえな」

否《いな》──。

勇者イブールたちがいる森にそのような魔術などかかってはいない。

魔獣と交戦するイブールたちが劣勢《れっせい》に立たされているのは、単純にマーズがいなくなったからである。

それだけ、マーズがイブールたちにかけていた《支援魔法《バッファースペル》》の影響《えいきょう》は大きかったのだ。

しかしイブールは、まさか自分が見限った人間にそこまでの力があったのだとは気付かない。いや、それは気付きたくなかっただけなのかもしれないが。

「《万物を貫く炎の槍《フレイムスピア》》――」

――ザシュ。

後衛から飛来した炎の槍が魔獣を貫き、イブールたちは事なきを得る。

「た、助かったぜ、シシリーよ」

その言葉を受けて特に反応を示すでもなく、シシリーと呼ばれた魔法使いの少女は被った魔女帽子を手で整える。

「どうやら、シシリーの魔法には影響がねえみたいだな。よし、それならシシリーの魔法を主体にして攻《せ》めるぞ」

そう言ってイブールたちは森の奥へと進む。

「やれやれ。愚鈍《ぐどん》もここまで来るといっそ清々《すがすが》しくなるよ」

シシリーが呟くが、その言葉はイブールたちには届かない。

「……ん？」

ふと、シシリーがイブールたちとは別の方向へと視線を向けた。

シシリーは鬱蒼《うっそう》と茂《しげ》る木々を黙って見つめている。正確には、《セントールの森》の入り口がある方角を、だ。

「……あの人間も来たのね。そろそろあの馬鹿勇者にも愛想《あいそ》が尽《つ》きたし、ちょっと試させてもらうとしましょうか」

シシリーが呟き、魔女帽子を被り直す。

その帽子の奥では、幼い外見に見合わない不敵な笑みが浮かんでいた。

＊＊＊

——ザシュ。

——スパッ。

《セントールの森》にて。

マーズの《支援魔法《バッファースペル》》を受けた冒険者たちが次々に魔獣を屠《ほふ》っていた。

——やっぱりマーズの《支援魔法《バッファースペル》》はかなり高い効力だったようだな。

俺は《支援魔法《バッファースペル》》の影響を受けた冒険者たちが魔獣を蹂躙《じゅうりん》する様子を遠巻きに眺めながら、持ってきていた林檎を齧る。

これだけの効果を受けて各国を回りながら戦ってきたはずだろうに、その恩恵《おんけい》に気付かないとは。

も言えるが。

勇者の奴も随分《ずいぶん》と惜《お》しいことをするものだ。仲間を見下し、真価を見極《みきわ》められなかった自業自得《じごう》と

「やっぱりすげぇ！　マーズさんの《支援魔法《バッファースペル》》があれば敵なしだ！　負ける気がしねぇぜ！」

「ああ。これならモンスター討伐も随分と捗《はかど》るぞ！」

冒険者たちは実戦でマーズの実力を再認識したのか、口々に称賛《しょうさん》の言葉を並べる。

そうして、それがマーズの取り合いへと発展するまでに時間はかからなかった。

冒険者たちが真剣《しんけん》な表情で協議を始める中、俺はマーズに近づき声をかける。

「良かったな、マーズ。これで今後のことも心配いらないだろう」

「あ、ありがとうございます！　本当に、何とお礼を言ったら良いか……」

マーズはそう言って何度も腰《こし》を折った。律儀《りちぎ》な奴だなと、少し笑みが溢《こぼ》れる。

「俺は酒場に来た客を知り合いに紹介しただけだよ。認められたのはマーズの実力があってこそさ」

「…………あ、あの」

「ん？」

「間違っていたらすみません。もしかして貴方《あなた》はあの時の……二年前の謁見の時にいらした第七王子様ではありませんか？」

「へぇ、よく覚えてたな。俺は隅にいただけだったのに」

「や、やっぱり……」

マーズは呟いて、急に跪《ひざまず》いた。

「失礼しました。まさか第七王子のアデル様だとは気付かず……」

「おいおい、様付けはやめてくれ。今は第七王子じゃないんだ。この国の王政はもう解体されたしな」

「は、はい。ではアデルさんと……。あの、それからもう一つ──」

マーズは恐々《きようきよう》としながら上目遣《うわめづか》いで俺の表情を窺う。

「アデルさんが王都を救った《黒衣の執行人》ということですよね？」

「………どうしてそう思った？」

「シシリーさんが言ってたんです。王家の陰謀を阻止した黒衣の執行人は、王家を追放された元第七王子かもしれないって」

「シシリー？　あの魔女帽子を被った女の子か？」

俺の問いに対してマーズはコクリと頷く。

勇者イブールたちの中にいて、あの魔女帽子を被った少女だけは中立の立場にいるように見えた。

それに、マーズが追放された後のことを予見しているようでもあった。

……マーズにも少し聞いてみるか。

シシリーという少女が何者なのか、マーズに尋ねようとしたその時──。

「──ひぇえええええっ！」

情けない声が聞こえてきた。

「悲鳴？　でしょうかアデル様」

「森の奥の方からだね」

メイアとテティが反応して、皆で声の聞こえてきた方を見やった。

「もしかしたら誰かがモンスターに襲《おそ》われてるのかもしれねえな」

「助けに行こうぜ！」

冒険者たちも続き、俺たちは声がした方角へと駆け出す。

「はい、アデル様。持ってきましたよ」

「サンキュ。さすがだな、メイア」

「ふふ。お褒《ほ》めいただき光栄です」

俺は駆けながらメイアが渡してくれた黒衣を受け取り、身に纏う。

そしてそのまま、俺たちは《セントールの森》の奥地へと向かった。


「お、おいっ！　大丈夫《だいじょうぶ》か勇者よ⁉」

「助けてくれぇえええ！　喰われるぅうう！」

「「「……」」」

《セントールの森》の奥へと辿《たど》り着くと、勇者イブールが植物系の魔獣に捕らえられているところだった。

イブールは魔獣のツタに足を搦《から》め捕られて逆さ吊《づ》り状態になっている。手にした聖剣をブンブンと振り回していたが、光も失っており、意味を成していない。

「なんだ。どんな魔獣かと思いきや、危険度Ｄ級のイビルプラントじゃねえか。アイツのツタに捕《つか》まるなんて、新米の冒険者か？」

冒険者の内の一人がそんなことを言う。

──捕まえられているのは、一応勇者と呼ばれている男なんだがな……。

マーズの《支援魔法《バッファースペル》》が無くなったため低級の魔獣相手にも歯が立たなかったと、そういうことだろう。

「よっ、と」

イブールを束縛《そくばく》していたイビルプラントは冒険者たちによって難なく撃破《げきは》される。

ドサリ、と。解放されたイブールが変な体勢のまま地面に落ちるが、大きなダメージは負っていない模様だ。

「た、助かった……」

「おいおい、大丈夫か？　何であんな低級の魔獣に捕まってんだよ。普通に戦えばワケなく勝てる相手だろうが」

「何だと……？　アンタら、この森の魔術の影響は受けていないのか？」

「森にかけられた魔術ぅ？　何のことだ？　そんなもん、この森にはかかっちゃいねえぞ」

「な、に……？」

イブールたちと冒険者たちがそんなやり取りを交わしていた。

それを遠巻きに見ながら俺たちは溜息《ためいき》を漏らす。

「どうやら、マーズさんの《支援魔法《バッファースペル》》が無くなって戦闘力《せんとうりょく》が落ちたのだと理解できていないようですね」

「この森に魔術なんてかけられてないよね？　わたしたちは普通に動けるし」

「ああ。テティの言う通りなんだが、あの勇者様は勘違《かんちが》いしているらしい」

「勇者様は、とにかく思い込みが激しい方でしたから……」

イブールもマーズを失ったことによる影響には気付いているのかもしれないが、到底《とうてい》受け入れるわけにはいかないのだろう。

「……？」

――そういえばあの魔法使いの少女、シシリーがいないな……。

俺は辺りを見渡《みわた》すが、慌ててイブールに駆け寄る戦士風の男がいるばかりで、シシリーが見当たらない。

「っておい！　マーズじゃねえか！　テメェ何でこんなところにいやがる！」

と、イブールがマーズに気付き、こちらにズカズカと歩いてやって来る。

「お前、別れ際に【支援魔法《バッファースペル》】のジョブスキルで変な魔法をかけやがったな！　そうじゃなきゃ聖剣に認められた勇者であるこの俺が、あんなＤ級モンスターに苦戦するなんざあり得ねぇ！」

……なるほど、そんな風に解釈《かいしゃく》したのか。

冒険者たちが「あれが聖剣に認められた勇者？」「嘘《うそ》だろ……」などと言葉を交わしているが、気持ちはよく分かる。

「い、いえ、勇者様。僕はそんな魔法をかけては……」

「うるせぇ！　じゃなきゃこの状況をどう説明すんだよ！」

イブールは今にもマーズに掴《つか》みかかりそうな勢いだった。

マーズからは手を出さないだろうし、仕方ない。

俺は勇者イブールを目で捉《とら》え、【執行人】のジョブの力で青白い文字列を表示させる。

＝＝＝＝＝＝＝＝＝＝＝＝＝＝＝＝＝＝＝
対象：イブール・レイナス
執行係数：４５９ポイント
＝＝＝＝＝＝＝＝＝＝＝＝＝＝＝＝＝＝＝

「……」

対象の行ってきた悪行が数値化される執行係数。

それが何とも微妙《びみょう》な数値である。

これまで依頼を受けて相手にしてきた執行対象ほど悪ではないということなのだろうが……。

──まあ、マーズにしていた理不尽な仕打ちの分もあるしな。痛い目は見てもらおう。

俺は激昂《げっこう》しているイブールとマーズの間に割って入る。

「お前の力が弱まったのはマーズの《支援魔法《バッファースペル》》の効果を受けられなくなったからだ。つまり、お前の力は本来その程度なんだよ」

「ああん？　何だ横から――って、昨日酒場にいたマスターじゃねえか。っていうかその風貌《ふうぼう》、まさかお前が《黒衣の執行人》だったのか？」

イブールは一瞬驚《おどろ》いたような顔をした後、殺気立った目をこちらに向ける。

「くっそ、昨日はしらばっくれてたわけかよ。お前が王家の奴らをぶっ飛ばしたおかげで俺は報酬が貰えなかったんだ。一発殴らせろ！」

……本当にやれやれだ。

「《魔鎌《まれん》・イガリマ》、顕現《けんげん》しろ――」

溜息交じりに唱えると、俺の右腕《みぎうで》に漆黒《しっこく》の大鎌《おおがま》が出現する。

「なっ……！　テメエ、何だその武器は⁉」

「さあな」

「くっ……。どうせジョブの力で召喚《しょうかん》した武器だろうが、聖剣を持つ俺に挑《いど》もうなんざ、百年早いぜ！」

イブールが聖剣を前に掲げる。と同時、俺はイガリマに命じ、その聖剣めがけて振り下ろした。

「《斬《き》り裂《さ》け、イガリマ》――」

――ギシュッ。

「覚悟《かくご》しやがれ、この野郎！　……って、アレ？」

イブールは居丈高《いたけだか》に聖剣を掲げようとして、そして気付いたらしい。

「な、な、なぁ……⁉　お、おれ、俺の聖剣がぁあああ⁉」

イブールが目を落とした先には折れた聖剣があった。もう少し正確に言えば、イガリマの斬撃《ざんげき》で刀身を失った聖剣が、イブールの手に握《にぎ》られていた。

「斬れ味がイマイチだったな。この執行係数だとこんなものか」

「いえいえ。十分すぎますよ、アデル様」

「嘘、だろ……？　その武器で斬ったってのか？　え？　俺の、聖剣を……？」

イブールは顔面蒼白《がんめんそうはく》の状態で、折れた聖剣を見つめていた。今まで自分の力の象徴《しょうちょう》だと思っていた剣を真っ二つに折られて呆然《ぼうぜん》としているらしい。

そんなイブールに向けて、俺はただ一言かけてやった。

「執行完了《ざまあみやがれ》――」

＝＝＝＝＝＝＝＝＝＝＝＝＝＝＝＝＝＝＝＝＝＝＝＝＝＝＝
勇者イブール・レイナスの執行完了を確認《かくにん》しました。
執行係数459ポイントを加算します。

累計《るいけい》執行係数：37581157ポイント
＝＝＝＝＝＝＝＝＝＝＝＝＝＝＝＝＝＝＝＝＝＝＝＝＝＝＝

イガリマを消失させ、ひと息つく。

と、その時――。

俺は妙《みよう》な気配を感じて振り返る。

――ドスッ。ドスッ。

その方角から地響《じひび》きを立てて何かが近づいてきた。

そして、森の木々を押《お》し倒し「そいつ」は姿を現す。

「アハハッ。良いものを見せてもらったよ、黒衣の執行人サン」

それは巨大《きよだい》な銀色のゴーレムと、その肩に腰掛け無邪気《むじやき》に笑う魔法使いの少女――シシリーの姿だった。

「お、おいシシリー！　お前、俺のピンチにどこ行ってたんだ！　それになんだそのゴーレムは⁉　お前がそんなもの扱ってるところなんて、初めて見るぞ！」

銀色のゴーレムと、それに乗って現れた魔法使いの少女シシリー。その二つの姿を見て、勇者イブールが叫ぶ。

が、当のシシリーはまるで汚物《おぶつ》でも見るような目をイブールに向けていた。

「うるさい」

「う、うるさいとは何だ……！」

「黙れって言ってるの。ずっと我慢してたけど、その貴方の言葉は聞くだけですごく疲《つか》れるのよ」

「なっ……」

シシリーの辛辣《しんらつ》な言葉を受けてイブールは後退《あとじさ》る。

——酒場で会った時とは雰囲気が随分違うな。

ゴーレムの肩に腰掛けたシシリーは俺の方に笑みを向けてくる。外見は幼い少女のようだが、不思議な妖艶《ようえん》さが感じられた。

「こんにちは、黒衣の執行人サン。改めて、私の名はシシリー・グランドール。さっきのは見事だったわ。マーズの《支援魔法《バッファースペル》》がかかっていない聖剣じゃ、相手にもならなかったみたいね」

「……お前は気付いてたんだな。勇者の自慢《じまん》してた聖剣がマーズの《支援魔法《バッファースペル》》によるものだってことを」

「それは、ね。あれに気付かないのはお調子者の勇者と戦士くらいのものよ。ごめんねマーズ、黙ってて」

「あ、えっと……」

どうにも調子が狂《くる》うな。

屈強《くっきょう》そうなゴーレムを従えているその状況は異質なのに、シシリーからは明確な敵意が感じられない。

——この感じ、マルクの時と似ている？　それに、あのゴーレムの周りに帯びている黒い靄《もや》のようなものは……。

父シャルルを利用し、全人類を支配する計画を立てていた魔族——マルク・リシャール。

シシリーの掴みどころのない印象はどこか奴に似ていて、辺りに満ちた黒い瘴気《しょうき》もマルクの時に見たそれと酷似していた。

「まさか……お前も魔族、か？」

「アハハッ。本当に察しが良いんだね、黒衣の執行人サンは」

肯定《こうてい》か。

俺が突きつけた問いに、シシリーは実に楽しそうに笑っていた。

「そんな、シシリーさんが魔族……？　魔族は千年前に絶滅《ぜつめつ》したはずじゃ……」

「それも黙っていてゴメンね、マーズ。でも、絶滅したっていうのは人間たちの思い込みよ。私のように生き残っている魔族も少ないけれどいるわ。魔族は長寿《ちょうじゅ》だからね」

シシリーが楽しげに語った内容にマーズが困惑した表情を浮かべる。

俺とメイア、テティは魔族であるマルクと対峙したことがあるが、マーズのように反応するのが普通だろう。

マルクの時もそうだったが、魔族が絶滅したというのは俺たち人間の中だけでの認識だったと、そういうことらしい。

「お前の目的は何だ？　魔族の復興、ってところか？」

「……いいえ。私は、マルクとは違うわ」

マルクのことも知っているのか……。

「今日はご挨拶《あいさつ》がてら、黒衣の執行人サンとちょっとだけ戯《たわむ》れようと思ってね」

そう言ってシシリーはゴーレムの右肩《みぎかた》に乗ったままで手を掲げる。

するとシシリーの手から黒い粒子《りゅうし》が降り注ぎ、地面へと吸い込まれていく。

——あの黒い瘴気、マルクの時は物質を溶《と》かす力があったが、シシリーのは違うのか？

シシリーが放った黒い瘴気を取り込んだかのように、地面からは五体のゴーレムが現れる。色はどれも銀色で、金属製の外殻《がいかく》を持っているようだ。

「お前のそれは魔力か？」

「ええ。魔力を操作して物質に変化を与える。それが私のジョブ——【魔を指揮する者《マギアコンダクター》】の能力よ」

ジョブの能力を隠《かく》すこともしない、か……。

恐らく、土壌《どじょう》に含《ふく》まれる金属を変化させてゴーレム化させたというところだろうが。

「それじゃあ、戦闘《せんとう》開始といきましょうか」

俺の思考などお構いなしに、シシリーは楽しげに手を振った。すると、それに呼応するかのようにゴーレムが低い雄叫《おたけ》びを上げる。

——ゴゴゴゴゴゴ。

あるものは腕をブンブンと振り回し、あるものはガチガチと拳《こぶし》を突き合わせ、俺たちを包囲しながらその距離《きょり》を詰《つ》めてくる。

——仕方ない。もう一度イガリマを召喚するか。

俺はシシリーの執行係数を確認し、漆黒の大鎌を喚《よ》び出そうとした。

しかし——。

＝＝＝＝＝＝＝＝＝＝＝＝＝＝＝＝＝＝＝＝

対象：シシリー・グランドール

執行係数：――

対象の執行係数が存在しないため、イガリマを召喚することはできません。

＝＝＝＝＝＝＝＝＝＝＝＝＝＝＝＝＝＝＝＝

そんな青白い文字列が目の前に表示される。

――対象の悪行を数値化する執行係数が表示されない？　攻撃《こうげき》を仕掛《しか》けてきているのに執行係数が存在しないとは、どういうことだ？

俺は文字列の内容を見ながら思考する。

シシリー本人が言うように、これは本当に戯れだということなのか。それとも別の目的があるということなのか。或《ある》いは、その両方か。

分からないが、シシリーという少女に対する謎がより深まったのは確かである。

「アデルさん！　僕が《支援魔法《バッファースペル》》で皆さんを強化します！　それで――」

隣にいたマーズが迫《せま》りくるゴーレムを見て叫ぶが、俺はそれを手で制する。

「いや、それには及《およ》ばない」

「え……？」

俺は困惑するマーズを尻目《しりめ》に【執行人】のジョブに備わったもう一つの力を使用する。

＝＝＝＝＝＝＝＝＝＝＝＝＝＝＝＝＝＝＝＝＝＝＝＝＝＝＝＝＝

累計執行係数：３７５８１５７ポイント

執行係数１０００００ポイントを消費し、《亜空間操作魔法《デジョネーター》》の複数展開を実行しますか？

＝＝＝＝＝＝＝＝＝＝＝＝＝＝＝＝＝＝＝＝＝＝＝＝＝＝＝＝＝

承諾《しょうだく》――。

俺が念じると、ゴーレムたちの足元に黒い亀裂《きれつ》が生じた。

《亜空間操作魔法《デジョネーター》》は発動が遅《おそ》く、素早《すばや》い相手には有効と言い難《がた》いが、動きの遅いゴーレムなら十分捉えられる。

――ゴォッ⁉

ゴーレムたちは慌てて展開された亜空間から逃《のが》れようとするが、やはり遅い。

――パシュッ。

そんな何かが閉じるような音とともに、ゴーレムたちは亜空間へと飲み込まれていった。

その光景を見たシシリーは驚いたように目を見開くが、すぐに元の笑みを浮かべる。

「《失われた古代魔法《ロストスペル》》か……。凄いわね。現存しないはずのジョブスキルを使用できるのもさることなから、漆黒の大鎌を使わなくてもそんな戦い方ができるなんて」

「それはどうも。ただ、お前も本気で俺たちを潰《つぶ》そうとしたわけじゃないんだろう？」

「どうでしょうね？」

シシリーは楽しげに声を漏らした後、組んでいた自分の脚《あし》の上に頬杖《ほおづえ》をつきながら、俺へと語りかける。

「ねえ、黒衣の執行人サン。私たち、お仲間になれないかしら？」

「仲間に？」

「そ、貴方と組めたらきっと楽しいと思うの」

「ゴーレムをけしかけておいてよく言うな」

「アハハ。あれは本当に戯れだってば。貴方の力を見たかったからね」

「……」

本気、ということになるのか？

「本当はもっとじっくりお話ししたいところだけど、今日のところは失礼するね。また近い内に」

シシリーはそう言って、無邪気な子供のようにひらひらと手を振った。

そして、トプン——と。

シシリーは乗っていたゴーレムと共に、まるで水に飲み込まれるようにして地面へと溶け込んでいく。

「あ、そうそう——」

体が半分ほど飲み込まれたところで、シシリーは何かを思い出したかのように呟く。

「何やら近頃《ちかごろ》、隣国《りんごく》のルーンガイアの方で妙な動きがあるらしいの」

「ルーンガイアで妙な動き？」

「そ。黒衣の執行人サンの元にも話が来るでしょうね」

「……」

「私も近々ルーンガイアに行こうと思っているから、向こうで会ったらよろしくね、黒衣の執行人サン」

「いや、俺がルーンガイアに行くとは限らないだろう？」

「いいえ。貴方はきっと来るわ。きっと、困っている人を見過ごせない性分《しょうぶん》でしょうから」

そんな言葉を残すと、すぐにシシリーの姿は地面に呑《の》まれて見えなくなった。

＊＊＊

「そんな……。まさか魔族がまだこの世に存在していたなんて……。それに、シシリーさんが……」

シシリーが放ったゴーレムの集団を退けた後のこと。

俺が王都リデイルで起こった事件に魔族が関わっていた事実を伝えると、マーズは呆然として呟いた。

俺は警戒《けいかい》して周囲を確認するが、襲ってくるような何かがいる気配はない。

「シシリー・グランドール。か……。また魔族が現れるとはな」

「でもアデル様。少し変わった感じでしたね。外見が幼かったせいかもしれませんが、何だか子供っぽいというか無垢《むく》というか」

「確かにな……」

メイアの言う通り、シシリーには明確な殺気のようなものが無かった。

それに、執行係数が表示されないという事実だけに目を向けるならば、シシリーは俺たちの敵ではないということになる。

謎も多く、何を考えているのか読みにくい人物という印象だ。

「なあ。マーズはシシリーについて何か知っていることはないか？」

「すみません。シシリーさんはパーティーにいた頃は寡黙《かもく》な人でしたから……」

そういえばマーズが言っていたな。勇者の一団の中でシシリーだけは同じ村の出身ではないと。

パーティーにいた頃との変貌《へんぼう》ぶりにマーズ自身も困惑しているようだった。

「シシリーは元から謎めいた奴だったからな。それが絶滅したはずの魔族だったなんて、俺もびっくりだぜ」

「「「……」」」

声を上げた主を見て、その場にいた皆が驚き沈黙する。皆の視線の先にいたのは勇者イブールだった。

「シシリーが俺のパーティーに入りたいって言い出したのも何か裏があったに違いねぇ。チッ、俺としたことがアイツの正体に気付けねぇとはな。……ってなんだお前らその目は」

「いや……。お前も何か感じ変わったな。丸くなったというか」

「う、うるせぇ！　別にお前に力を見せつけられて目が覚めたとか、そんなんじゃねぇからなッ！」

イブールが放った言葉に、メイアやテティを始めとして冒険者たちもジトっとした目を向けていた。

「まあでも、お前に聖剣をぶった斬られたおかげかもしれねぇな、黒衣の執行人よ。俺は聖剣に選ばれたからって少しばかり浮かれてたみてえだ」

「「「少し？」」」

「な、なんだよ……」

イブールに対して皆が同時に声を発する。何だか先程までの緊張感《きんちょうかん》が消え去っていくようだ。

「改心したように振る舞うのは結構だがな。お前がマーズにしたことが消えたわけじゃないぞ」

「わ、分かってるよ。…………マーズ、ちょっとこっちに来い」

イブールはまだ横暴な雰囲気は多少残るものの、自分の言葉でマーズに語りかけているようだ。そこに戦士の男も加わり三人で話を始める。時折マーズの顔にも笑みが見えて、俺は一つ息をついた。

「とりあえず俺は故郷の村に戻ることにするよ。ちょっと鍛え直《きた》さねぇとな」

話を終えたらしく、イブールが戻ってきてそんなことを言った。

「そうか。マーズも一緒か？」

「いや、村に帰るのは俺と戦士のドーマンだけだ。マーズには声をかけてる奴らもいるらしいからな。それを邪魔するつもりはねえよ」

マーズはそう言われて少し恐縮《きょうしゅく》したような顔を浮かべたが、「俺たちも鍛え直してまた戻ってくるからよ」というイブールの言葉にしっかりと頷いていた。

「これで一件落着ですね、アデル様」

「ああ、そうだな……」

俺はメイアの言葉に頷きつつも、シシリーが残した言葉を頭の中で反芻《はんすう》する。

――確か、隣国のルーンガイアに妙な動きがあるとか言っていたな。俺の元に話が来るだろう、とも。

そうして思考を巡《めぐ》らせていると――、

「ああ、そうだ。黒衣の執行人さんよ」

別れようとしたイブールに声をかけられる。

「シシリーのことについてはさっきも言った通りよく分からねぇ。ただ、アイツが最後に言ってたルーンガイアって国のことについては知っていることがある」

「そうか。各国を旅していたんだったな、イブールたちは」

「ああ。仮にも俺は勇者だったからな。割と最近にあの国に入る機会があった。でな、あの国には最近妙な組織ができていてな」

「妙な組織？」

俺の言葉にイブールは頷く。

「《救済の使徒》とかいう、新興宗教じみた名前の組織だ。名前からして怪《あや》しいだろ？」

「名前だけで決めつけるのはどうかと思うが……」

「まあ、俺もそこは分からねえけどよ。ルーンガイアの国にいた時、シシリーはその《救済の使徒》について何かを調べてるみたいだったぜ」

「シシリーが？」

「ああ。俺も何のためにそんなことをしてたのか分からねえが……。とまあ、そんなことくらいだ。俺が知ってるのは」

イブールはそれだけ言い残すと、戦士の男を引き連れて去っていった。

――ルーンガイアに《救済の使徒》、それを調べていたシシリー、か……。断片《だんぺん》的な情報しか無いが、一応頭に入れておくか。

俺はそう心に留めて、《銀の林檎亭》へと戻ることにした。


そして、それからまた数日後の《銀の林檎亭》にて――。

「私、隣国ルーンガイアの王女、クレス・ルーンガイアと申します。黒衣の執行人様に依頼したいことがあって参りました」

シシリーが最後に残した言葉通り、隣国の王女クレスが俺の元へとやって来たのだった。

# 2章　清き水の王国、ルーンガイア

「改めまして。私《わたくし》はルーンガイアの王女、クレス・ルーンガイアと申します」

王都リデイルに起こった事件、その面々を集めた食事会が終了《しゅうりょう》した《銀《ぎん》の林檎亭《りんごてい》》にて。

俺《おれ》たちは新たな依頼人《いらいにん》として現れた王女クレスと別室にいた。

脇《わき》には従者と思われる初老の男性がいて、「ハリムと申します」とだけ名乗ると、黙《もく》し直立している。

その場にいたメイア、テティ、フランが興味深げに王女クレスを見つめる中、俺から口を開く。

「しかしクレス様……、王女様がなぜこんな所へ？」

「そんなにかしこまらなくて結構ですよ、執行人《しっこうにん》様。ぜひ皆《みな》さんと同じように接してください」

「…………分かった」

俺の言葉を聞くとクレスは満足そうに頷《うなず》いた。

一部を結《ゆ》って、腰《こし》のあたりまで真《ま》っ直《す》ぐに落ちる金の髪《かみ》に、整った顔立ち。

忍《しの》んで来たためか、着ている服こそ正装ではないようだったが、クレスの振《ふ》る舞《ま》いや所作はまさに王族としてのそれだった。

「元々、私とあなたに身分の差はないはずですからね。第七王子、アデル・ヴァンダール様」

「……どうしてそれを？　俺とは初対面のはずだが？」

「私の持つジョブのおかげ、とでも言っておきましょうか」

メイアの用意した紅茶に口を付けて、クレスは澄《す》まし顔でそう言った。

まあ、クレスのジョブについて今はいいか。

「ですから、私のことも呼び捨てで構いません。どうか『クレス』とお呼びください」

「承知した。しかしそれなら俺のことも様付けはせず普通《ふつう》に呼んでくれ。今は第七王子でも何でもないからな」

「分かりました。それでは、アデルさん、と呼ばせていただきますね」

クレスは少しだけ嬉《うれ》しそうにはにかむ。

――何というか、変わった王女様だ。

言葉を交《か》わしてみて、俺がクレスに抱《いだ》いた印象がそれだった。

俺の中で王族と言えば俺の父親であったシャルルのように、高圧的で不遜《ふそん》な態度を取るのが普通、という認識《にんしき》だった。

「姫様《ひめさま》は元々朗《ほが》らかな方でして……。王族でありながら民《たみ》や私たち従者にまで心優しく接してくださるのです」

俺の考えていることを察したのか、それまでクレスの隣《となり》で黙していたハリムが口を開いた。整った顔に少しだけ困ったような笑《え》みが浮かぶ。

ハリムの言葉は遠回しな言い方をしていたが「ああ、これは普段《ふだん》苦労させられている感じだな」と何となくそんなことを想像する。

「それに、姫様はアデル様にお会いできるのをとても楽しみにされていたようでして。お会いしたら絶対に名前で呼んでもらうのだと張り切っておりました」

「俺に会うのを楽しみに？」

「〜っ！　ちょっと、ハリム！　何でそれを言うの⁉」

クレスが慌《あわ》ててハリムの方を振り返る。ハリムの口の端《はし》が上がり、日頃《ひごろ》の仕返しだとでも言わんばかりだ。

どうやらクレスとハリムの間には主従を超《こ》えた信頼《しんらい》関係があるらしい。

クレスがハリムだけを連れて隣国《りんごく》に来ていることや、ハリムの、従者であれば普通はしないであろう言動から、俺はそう推測していた。

「そ、そういえばこのお店、とっても素敵《すてき》でしたね。可愛《かわい》いお花がたくさんあって――」

クレスは慌てて話題を切り替《か》える。雑な切り替えだったが、その言葉にメイアが反応した。

「クレス様、お目が高いですね！」

「ええ、お花は大好きです。昔から可愛いものには目がなくて」

「分かりますっ！」

クレスとメイアは二人とも目を輝《かがや》かせ意気投合する。

「可愛いと言えば、私、先程《さきほど》からテティさんのそのお耳と尻尾《しっぽ》が気になっておりまして」

「え？　わ、わたし……？」

「はい。私、獣人族《じゅうじん》の方を見るのは初めてなんですが、こんなにも可愛らしいとは。あの……、後で少しだけ触《さわ》らせてもらっても？」

「姫様、失礼ですよ。初めてお会いした方にそのようなことを仰《おっしゃ》るのは」

「テティちゃんは夜寝《ね》る時に抱いて眠《ねむ》るととても温かいんですよ」

「も、もう。メイアってば……」

——何だか、王女が来客していると思えないほどに空気が和《なご》んだな……。

その様子を見ていたフランも乾《かわ》いた笑いを浮《う》かべる。

「王女さん、なかなかに面白《おもしろ》い人ッスね」

「みたいだな……」

と、俺たちの視線に気付いたのか、クレスは軽く咳払《せきばら》いをした。

「あ、失礼しました……。ええと、私がどうしてこちらに来たのかでしたね」

クレスは真剣《しんけん》な顔へと戻《もど》り、姿勢を正す。

「実は最近、私たちの国で妙《みょう》な事件が起きていまして……」

「妙な事件……。具体的には？」

「はい。行方《ゆくえ》不明になる人が多発しているんです」

「ほう……」

「王女たる私が先入観を持つのも望ましくはないでしょうが、私はそれをある組織の仕業《しわざ》だと考えています」

クレスの言葉を受けて、俺は先日の一件の後で勇者イブールが言っていた内容を思い出していた。

――《救済の使徒》とかいう、新興宗教じみた名前の組織だ。名前からして怪《あや》しいだろ？

「……クレス。その組織というのはもしかして、《救済の使徒》か？」

「え……？　ええ。アデルさんの仰る通りです。よくご存じでしたね」

「ああ、この前色々とあってな」

「……？」

俺はこの前の出来事も含《ふく》め、魔族《まぞく》の少女――シシリー・グランドールのことをクレスに掻《か》い摘《つま》んで話していく。

「魔族……。千年前の大戦で滅《ほろ》んだとされていましたが、そんなことが……。それに、ルーンガイアの内情も知っていて、何かを調べていたというのは気にかかりますね」

確かに、クレスからしてみれば自国のことについて魔族が何かを調べているというのは気になるところだろう。

「まあ、その件は一旦《いったん》置いておくとして……。しかし、行方不明者が多発しているというのは気にかかるが、ルーンガイアにいない俺たちでは手助けしてやることも難しいと思うんだが……」

「アデルさんの仰ることはもっともです。そこで私から提案があります」

「……提案？」

クレスは俺たち全員に目配せしてから、そしてニコリと微笑《ほほえ》んで言った。

「近々、皆様《みなさま》を招待させていただきたいのです。『清き水の王国』と謳《うた》われる、私たちの国、ルーンガイアに――」

＊＊＊

「うわぁ。凄《すご》く綺麗《きれい》な所ですね、アデル様」

清き水の王国、ルーンガイアにて――。

国境の関所を越《こ》え、市街地まで足を踏《ふ》み入れたところでメイアが歓声《かんせい》を上げた。

石畳《いしだたみ》で整備された道の脇には小型の水路。

そこに流れている水の出処《でどころ》を追うと、巨大《きょだい》な塔《とう》へと繋《つな》がっていた。

その塔はルーンガイアの中で最も高い建造物だろう。高々とそびえるその様はルーンガイアの城下町全てを見渡《みわた》しているようでもあった。

「これはただの水じゃないな。魔力を帯びた水を街中に張り巡《めぐ》らせることで外敵の侵入《しんにゅう》を防いでいるらしい。恐《おそ》らくその起点となっているのがあの塔なんだろうな」

「あー、だからまともな城壁《じょうへき》も無かったんッスね。流石《さすが》に水の王国ってのは伊達《だて》じゃないってとこッスか」

「配水塔という建物ですね。水を供給する建築物だって本で読んだことあります」

「獣人の里よりも水がたくさん」

俺の言葉にフラン、メイア、テティと続く。

――数日前、《銀の林檎亭》を訪《おとず》れた王女クレスにより、俺たちはルーンガイアに招かれた。

メンバーは俺、メイア、テティ、フランの四人。

メイアとテティは役に立ちたいと言っていつも俺に協力してくれるし、フランは「アデルさんにはまだ借りがありますから協力するッスよ」と言ってくれていた。

もっとも、フランの場合は情報屋としてルーンガイアという国に入れる機会に惹《ひ》かれただけかもしれないが……。

「ルーンガイアはあんまり他国との国交に積極的じゃないって聞きますけど、これだけの景観なら観光で栄えそうなものッスけどねぇ。勿体《もったい》ないというか何というか」

「そこは国の防衛を最優先にしているんだろう。国政が保守的と言えるのかもしれないが」

「それでも王女さんは招いてくれたと。それだけ今回の依頼はアデルさんに頼《たよ》りたいって気持ちが強いってことなんッスかねぇ」

「さてな……」

ルーンガイアの王女クレスが言っていた、国内で行方不明者が多発しているという話。

そこには《救済の使徒》という謎《なぞ》めいた組織が絡《から》んでいるとクレスは睨《にら》んでおり、その一件を調査して欲《ほ》しいというのが今回の依頼だ。

そして、俺たちはクレスに招かれたルーンガイアの王宮を目指して街中を歩いているというわけだ。

と、メイアが配水塔を見上げながら歩く様が目に入る。

「メイア、どうしたの？　上を見ながら歩いてると危ないよ？」

「へっ？　い、いや、あそこからアデル様と二人で景色を眺《なが》めたいなとか思ってませんよ？」

「メイアさんメイアさん。それ全部言ってるッス」

「……一応仕事で来てるんだからな。それを忘れるなよ？」

「は、はは……そうですよね」

メイアは笑みを浮かべた後、見るからに落ち込《こ》んだ素振《そぶ》りを見せた。

まあ、確かにかなり高い塔だ。あそこから城下町を見下ろしたらいい眺めだとは思うが……。

「それにしてもちょっとお腹《なか》が空《す》いたッスねぇ。アデルさん、まだ王女さんとの約束までには時間があるんでしょう？」

「飯に連れてけってことか？」

「ふふん、話が早くて助かるッス。あ、あそこにちょうど良さそうな酒場があるッスよ」

フランは言うが早いか駆《か》け出していく。

どうやらフランの食い意地は場所が変わったくらいでは衰《おとろ》えないらしい。

「やれやれ。……まだ時間はあるし少し寄っていくか」

他国の酒場がどんな風なのかは俺も少し気になるしなと、そう考えてフランの入っていった酒場の入り口をくぐる。

「おいマスターさんよぉ。スープに髪の毛が入ってたって言ってんだろうが。それでも金を取るつもりかよ？」

「し、しかし……。ウチの従業員でそんな髪の長い者は……」

「あァン？　オレが嘘《うそ》をついてるとでも言いてェのか？」

「そ、そういうわけでは……」

店の中に入ると一人の男が酒場の主人らしき人物に絡んでいた。

その男は長髪《ちょうはつ》で、会話の内容からするとどうやら因縁《いんねん》を付けて食事代を踏み倒《たお》そうとしているらしい。

やれやれと、俺は息をつく。

たとえ国の景観は良くてもそこに住むのは人だ。結局、場所は違《ちが》えど理不尽《りふじん》な行いをする者は尽《つ》きないと、そういうことなのだろう。

「おいあれ、B級冒険者《ぼうけんしゃ》のヘイマスじゃないか？」

「誰《だれ》か助けてやったらどうだ？」

「無茶言うなよ。元はA級だったのに素行が悪くてB級に落とされた奴《やつ》だろ？　手を出したら返り討《う》ちに遭《あ》うのが関の山だぜ」

なるほど、この国では冒険者をランクで区分しているのかと、俺は少し場違いな感想を抱く。

絡んでいるヘイマスという男はどうやら上級の冒険者であり、周囲の客もどうやら尻込《しりご》みしているらしい。

「アデルさん、どうするッスか？　――って、聞くまでもないッスね」

俺は声をかけてきたフランを追い越し、ヘイマスという男の肩《かた》を叩《たた》く。

「おい。その辺にしたらどうだ？　マスターも困ってるだろう」

「ああん？　何だテメェは！　黒い服なんて着やがって薄気味《うすきみ》悪い奴め。すっ込んでろや」

ヘイマスは腰に差してあった短剣《たんけん》を抜《ぬ》き、俺の前でチラつかせる。

入り口にいた三人から溜息《ためいき》をつくような音が聞こえた。

「コイツで刺《さ》されたくなかったら黙《だま》って――」

――パキィ。

俺が両側から掌底《しょうてい》で挟《はさ》み込むと、ヘイマスの短剣はあっけなく折れてしまった。折れた短剣の刀身はクルクルと入り口の方へと飛んでいく。

「ほっ」

「メイア、ナイスキャッチ」

飛んでいった刀身はメイアが難なくキャッチして、テティがパチパチと手を叩いていた。

「へっ……？　す、素手《すで》で剣を折った、だと……？」

「次は同じことをお前の体にしてやろうか？」

「ひ、ひ、ひぃいいいいいいっ！　化け物ぉおおおお‼」

ヘイマスは慌ててカウンターの上に硬貨《こうか》を置くと、酒場の外へと逃《に》げ出していった。

化け物とは酷《ひど》い言われようだ。本気でやるわけないのに。

「「「おぉー！」」」

と、酒場の中から拍手《はくしゅ》と共に歓声が起こる。元々客として来ていた者たちだった。

酒場の主人がその歓声にハッとして俺の手を握《にぎ》ってくる。

「た、助かったよ、黒い服の方っ！　礼を言わせてくれ」

「ああいや、別に。あんなのに絡まれるんだから酒場の主人は大変だよな」

「……？」

「こっちの話だ。それよりマスター。連れも含めて四人なんだが食事、できるかな？」

「あ、ああ。もちろんでさぁ！」

そんなやり取りをした後、酒場の主人が次々にご馳走《ちそう》を運んできてくれた。

鮮魚《せんぎょ》やみずみずしい野菜をふんだんに使った料理など。まさに豊富な水に恵《めぐ》まれた土地の品だと、
俺たちは舌鼓《したつづみ》を打ちながら手を付けていく。

「はぁ、満腹ッス。国が違っても黒衣の執行人は健在ッスねぇ」

飯を平らげて満足そうにしながら、フランがそんなことを言った。

＊＊＊

「アデルさん。それに皆さん、お待ちしておりました。ようこそルーンガイア王宮へ」

夕刻――。

俺たちが約束の時間に王宮を訪れると、そこにはクレス王女と従者のハリムがいた。

「王女様自ら出迎《でむか》えてくれるとは。随分《ずいぶん》と手厚いもてなしだな」

「いえいえ。ご足労いただいたのですから、むしろこれくらいは当然です」

クレスは《銀の林檎亭》を訪れた時とは異なり、正装のドレス姿だった。

そのせいもあってか、だいぶ大人びた雰囲気《ふんいき》を感じる。

「姫様はアデル様が来られたら真っ先に会いたいと申されましてな。当初はルーンガイアの関所まで行きたいと仰っていたのですが、あいにく公務が重なりまして」

「も、もうハリムったら。それではまるで私が主人の帰りを待つ犬みたいではないですか」

「……」

前言撤回《てっかい》。やっぱり少し子供っぽい。

「と、とにかく皆さんお疲《つか》れでしょう。ハリム、まずは皆さんをお部屋へ」

「承知しました、姫様」

クレスの言葉を受けてハリムが深々と腰を折る。

そうして、俺たちは充《あ》てがわれた客室へと案内された。


「一人一室ですよね……。そうですよね……。これだけ大きな王宮ですし。分かってました。うん、分かってました……」

客室を出て合流すると、メイアが何やらブツブツと呟《つぶや》いていた。

「メイアさん、そんな落ち込まなくても。気持ちは分かるッスけど」

「メイア。元気出して」

俺たちは部屋に荷物を置いた後、再びハリムに案内されて王宮の長い廊下《ろうか》を歩いていた。

これから依頼の件も交え、クレスの父親であるルーンガイア国王と会わせてくれるらしい……のだが、メイアはフランとテティに慰《なぐさ》められながらトボトボと歩いている。

「確かに、女性陣《じょせいじん》はみんな一緒《いっしょ》の部屋の方が良いかもな。後でクレスに言ってお願いしてみたらどうだ？」

「い、いえアデル様。そういうことではなくてですね……」

「……？」

何かおかしなことを言っただろうか？　心なしかフランとテティにジトっとした目を向けられている気がするが……。

時折、メイアはこういうよく分からない態度を俺に取ったりするのだ。

その度《たび》にフランに「まあ、アデルさんは王家を追放されてから過酷《かこく》な生活を送ってきたらしいッスから、この手のことに関しては疎《うと》くても無理ないッスよ」と言われる。何か含みを持たせているのだとは思うが、正直なところその意味するところは分からない。

ハリムも先導しながら「お若いというのは良いですなぁ」などと言っていた。ハリムには今のやり取りで何か分かったらしいが、今は黙って付いていくことにする。

俺たちが今、ハリムに案内されているのはルーンガイア国王の居室だ。

ヴァンダール共和国でクレスから受けた依頼を遂行《すいこう》するにあたり、ルーンガイアの国王とも顔合わせしておいた方が良いだろうという話からだった。

そうして歩いていると、一際荘厳《ひときわそうごん》な造りの扉《とびら》の前まで来てハリムが止まった。

ここがルーンガイア国王のいる部屋だろう。扉の前にはクレスもいて、俺たちに向けて軽く会釈《えしゃく》する。

「お待ちしておりました。今日はお父様もお体の調子が良いみたいです。どうぞ」

そう言ってクレスは扉を開き、俺たちは中へと足を踏み入れる。

中にはメイアとはまた違う、格式張った給仕《きゅうじ》服を着た侍女《じじょ》が一人。

そしてもう一人――。

「貴殿《きでん》が黒衣の執行人か?」

そんな声を向けてきたのはベッドの上で上体だけを起こしている人物だった。

低く威厳《いげん》のある声とは裏腹に、髪は白髪《はくはつ》で頬《ほお》も痩《や》せこけている。

クレスから事前に聞いていた通り、病《やまい》に臥《ふ》せっているというのは本当のようだ。

「失礼。我が名はゼイオス・ルーンガイア。一応、このルーンガイアの国王を務めておる」

一応、ときたか。

僅《わず》かに口角の端を上げている様子からも、なかなかユーモアのある人物なのかもしれない。クレスのフランクな接し方も親譲《おやゆず》りなのだろうか。

「お初にお目にかかりますゼイオス王。アデル・ヴァンダールと申します」

俺は床《ゆか》に片膝《かたひざ》をついて、ゼイオス王へと頭を下げた。かつてヴァンダール王家にいた頃《ころ》は何度となく取った姿勢だが、今となっては随分と久々な気がする。

「ふむ。おおよその話は聞いていたが、中々に精悍《せいかん》な顔つきであるな。なるほど、これはクレスが入れ込むのも分かる」

「ち、ちょっとお父様⁉」

ゼイオス王が悪戯《いたずら》な笑みを浮かべて、クレスが悲鳴のような声を上げる。

……からかわれている、のだろうか？

「重ねて失礼。アデル殿《どの》の活躍《かつやく》は我も聞き及《およ》んでいる。弊国《へいこく》で生じている問題の調査を行ってくれるという旨《むね》もな。他国の貴殿らに助力を頼《たの》むのは筋違《すじちが》いかもしれんが、是非《ぜひ》とも、事件の解決に力を貸していただきたい」

「勿体なきお言葉。私どもで良ければ尽力《じんりょく》させていただきます」

ゼイオス王と話していると、俺と同じく膝《ひざ》をついていた三人の声が聞こえてくる。

「アデルがあんな風にしてるの初めて見た。普段と違って、新鮮《しんせん》」

「元王子ッスからねぇ。あれくらいはお手の物かと」

「ふふ。そんなアデル様も素敵です」

どうやら俺のいつもと違う態度を見て楽しんでいる模様だ。

……お前ら、俺には聞こえてるからな。

と、後ろにいた三人を振り返ろうとして、その視界の端に映ったものに違和感《いわ》を覚える。

「……？」

そこにいたのは侍女だった。

目を閉じ黙していて、王の従者としてあるべき姿とも言えるが……。

――何か一瞬《いっしゅん》、妙な気配を感じたような……。気のせいか？

「すまぬな。我も動ければいいのだが……」

「……いえ。ゼイオス王はご自愛ください。私たちの方で対処に当たらせていただきますので」

「フッ。そう言ってくれると心強い。ハリムも、よろしく頼むぞ。クレスがあまり無茶なことをしでかさないように目を付けておいてくれ」

「フフ。かしこまりました」

「もう、お父様ったら」

そうして場が和やかな空気に包まれる中、俺は先程感じた気配を探《さぐ》る。

――やはり、これは……。

俺はそこで確信めいた疑念を持ち、ある人物の執行係数を確認した。

「本来であればもっと話を――うぐっ、ゴホッゴホッ」

ゼイオス王が言葉の途中《とちゅう》で苦しそうに咳《せ》き込み、クレスとハリムが駆け寄る。

「ゼイオス王っ！」

「お父様！　大丈夫《だいじょうぶ》ですか!?」

「う、うむ。大丈夫だ……」

「そこの者、すぐに専属の医師を呼ぶのだ！」

「は、はいっ」

ハリムに命じられた侍女が、王の私室を出ていこうとして――。

「ちょっと待て」

俺はその女性の肩を掴《つか》む。

「な、何ですか……？　すぐにお医者様を呼びにいかないと――」

「ゼイオス王のアレは医者でどうにかなるものじゃない。アンタのジョブで引き起こしたものだろうからな」

「……っ⁉」

その刹那《せつな》、侍女が僅かに腕《うで》を庇《かば》おうとしたのを俺は見逃《みのが》さなかった。

女性の給仕服の袖《そで》を掴み引きちぎると、そこから何枚かの紙のようなものが舞う。

「くっ……！」

「これは……、呪符《じゅふ》――？」

舞った紙片《しへん》を手に取ったクレスが呟く。

「アデル様、もしかして……」

「ああ、執行係数９９０４ポイント。クロだ」

先程、俺が感じた妙な気配。

それはかつてテティとの一件で騙《だま》し討ちをしようとしたクラウス大司教の使用したジョブと似たものだった。

「大量の呪符を持っていたことからして、魔具を媒介《ばいかい》に呪《まじな》いをかける【呪術師《じゅじゅつし》】のジョブってところか。ゼイオス王が臥せっていた原因は病気なんかじゃなく、アンタのジョブによるものだ。そうだろ？」

「う、あ……」

侍女はそこで観念したようだ。

色々と尋問《じんもん》したいところだが、侍女の執行係数を参照できる内にやっておきたいことがある。

「──《魔鎌《まれん》・イガリマ》、顕現《けんげん》しろ」

俺が言葉を発すると、どこからともなく漆黒《しっこく》の大鎌が現れる。

「こ、これは……」

その光景を見ていたクレスが声を上げ、ゼイオス王とハリムも目を見開いていた。

「《刈《か》り取れ、イガリマ》──」

「──っ!?」

俺はイガリマを侍女めがけて振り下ろす。

──ギシュッ。

「な、何を……」

「安心しろ。俺が今斬《き》ったのはお前の体じゃない」

侍女が困惑《こんわく》した表情を浮かべるが、俺はそれには取り合わず、ゼイオス王の方へと目を向けた。

「お、おお……！」

ゼイオス王が変化を感じ取ったのか、驚《おどろ》きの声を上げる。

目論見《もくろみ》通り、侍女からジョブを刈り取ったことで、呪符によりかけられていた効果が切れたようだ。

俺は侍女をメイアに預け、拘束《こうそく》するよう指示した。

「いかがですか、ゼイオス王」

「こ、これは、体が……」

「お父様、立ち上がられて平気なのですか!?」

「ああ。アデル殿がその者に大鎌を振るったことにより、病魔が消え去ったかのようだ。……いや、正確にはその者の放っていた呪いが、か？」

ゼイオス王が視線を向けてきて、俺は首を縦に振る。

これでゼイオス王の方は問題無さそうだ。

「さて――」

俺は呪術の使い手である侍女の方へと歩み寄り、そして告げた。

「それじゃあ、綺麗さっぱり吐《は》いてもらうぞ。お前の背後にいるであろう連中のことをな」


＝＝＝＝＝＝＝＝＝＝＝＝＝＝＝＝＝＝＝＝＝＝＝＝＝

ララ・ブルードの執行完了を確認しました。

執行係数９９０４ポイントを加算します。

累計《るいけい》執行係数：３６６８０６１ポイント

※新たに【呪術師】のジョブを刈り取りました。
＝＝＝＝＝＝＝＝＝＝＝＝＝＝＝＝＝＝＝＝＝＝＝＝＝＝＝＝＝＝＝＝

＊＊＊

「やっぱり、アデルさんの見立て通りだったッス」

ゼイオス王に呪いをかけていた侍女を執行した後のこと。

皆が集まった卓《たく》の前で、フランが自身のジョブ――【探求者《シーカー》】で「調査」した結果を報告し始める。

「まずこれはハッキリさせておいた方がいいでしょう。あの女性は《救済の使徒》の構成員ッス」

「やはりそうか……」

フランの報告を受けて、ゼイオス王が顎鬚《あごひげ》をさすりながら頷く。その隣に座《すわ》っている王女クレスも同様だ。

《救済の使徒》――。

ルーンガイアの国内で多発している行方不明事件に絡んでいるのではないかと、クレスが予想していた組織の名前だった。

「とりあえずあの後、アデルさんと手分けしてルーンガイア王宮にいる人たちは全《すべ》て調査してみたッス。その結果、他に怪しい人物はいないみたいだったんで、ひとまずは安心していいと思うッスが……」

「《救済の使徒》か……。一体何を目的にして動いている組織なのか知りたいところだがな。フラン、その辺はあの呪いの使い手から探れたか？」

「残念ながらそれはまだ判明してないッス。というか、あの女性の記憶《きおく》は何かヘンなんッスよね」

「変……？」

「はいッス。言葉で表すのが難しいんですが、記憶の一部に靄《もや》がかかってるというか。もう少し時間をかければ探れるかもしれないッスけどねぇ」

フランは、うーむと難しい顔をして腕組みをする。

フランのジョブの能力は、対象の記憶の過去を探るというものだ。時間をかけることでより正確な記憶を探れるようになるという能力で、下手な尋問をするよりも効果がある。

しかし《救済の使徒》の目的が何かや、どこに根城を構えているかなど、重要な部分はまだ不明であり、フランとしては釈然《しやくぜん》としないものがあるらしい。

今は呪いの使い手である女性を拘束し、その監視《かんし》と尋問をクレスの従者であるハリムが続けている。が、フランが話した以上の情報は出てきていないというのが現状だった。

「アデル殿、我から一つ申し上げたい――」

そんなへりくだった言葉と共にゼイオス王が立ち上がり、俺の方を向く。

「此度《こたび》の件、一国の王として……いや、一人の人間として礼を言わせていただきたい。敵の奸計《かんけい》を見破るだけでなく、呪いから我を解放してくれたこと、深く感謝する」

「私からもお礼させていただきます。父を救っていただき、本当にありがとうございました」

ゼイオス王に続き、クレス王女にも頭を下げられた。

「いいえ、大事に繋がる前に防げて何よりですよ。俺は俺にできることをしただけです」

「それでも、貴殿がいなければ我は命を落としていたかもしれぬ。殊勲《しゅくん》を受けるには十分すぎるほどだ」

そう言ってゼイオス王は口の端を上げる。

何にせよ、すっかり復調した様子に俺は安堵《あんど》していた。

「しかし、どうするかな。《救済の使徒》の情報がもう少し得られればこちらから打って出ることもできそうだが……」

「アデル様。レイシャさんの時みたく、匂《にお》いなどでテティちゃんに探ってもらうというのはどうでしょう？」

メイアの発言は良い提案に思えたが、隣の席に着いていたテティは首を横に振る。

「残念だけど、わたしの鼻でもあの呪いの使い手からは特別な匂いは感じられなかった。だから、何かを探ることはできないと思う」

「ふむ」

――当初の予定通り、行方不明者が出ているというセンから探ってみるしかない、か……。

「《救済の使徒》が行方不明事件に絡んでいるとすれば、そっちから探るのが良いかもな。目撃《もくげき》情報なんかもあるかもしれないし」

「あの呪いの使い手については、フランの方でもう少し探ってみるッス。時間をかければ何か分かるかもしれないッスからね」

「そうだな……。明日は街に出るとするか。行方不明者に関《かか》わりを持っていた人間もいるはずだし、聞き込みをしてみよう」

俺が提案すると、メイア、テティが揃《そろ》って頷く。

「……私も何かお力になれたら良いのですが」

そう力なく声を発したのはクレスだ。

肩を落とし、悔《くや》しそうに口を結んでいる。

「クレスは王女様だろう？　街に出たりしたら騒《さわ》ぎになるだろうし、仕方ないさ」

「そ、そうですね。皆さん、よろしくお願いします」

そうして、フランは引き続き呪いの使い手の女性の調査。俺とメイア、テティは明日から城下町で聞き込みを行うという方針を決めて解散する。

「…………よしっ」

各自が自室に戻る傍《かたわ》ら、クレスが何かを決意したように拳《こぶし》を握っているのが少しだけ気になった。

＊＊＊

ゼイオス王の襲撃者《しゆうげきしや》を拘束した翌日。

俺、メイア、テティは王宮の正門に集まっていた。

今日はルーンガイアの城下町に出て、この国の行方不明事件に絡んでいると思《おぼ》しき組織──《救済の使徒》に関する情報の聞き込みを行う予定になっている。

「アデルさん、それに皆さん。お気をつけて」

「ああ。……それにしてもクレス。街へ聞き込みに行くだけなんだから、わざわざ見送りに来なくても良かったのに」

「いいえ。アデルさんたちがルーンガイアのために動いて下さるのです。王女としてこれくらいのことはさせて下さい」

見送りに出てきてくれていたクレスが柔《やわ》らかく笑う。律儀《りちぎ》さと、頑固《がんこ》さが入り混じったような、クレスの意志の強さが感じられた。

「本当なら私もついて行きたかったところなのですが」

「……王女様が街に出たら騒ぎになるから駄目《だめ》だと昨日言っただろう」

「そ、そうですよね……」

見るからに落ち込むクレスがぎこちなく相づちを打つ。

そんなに同行したかったのだろうか？

「ゼイオス王を襲撃した女性のことはフランに任せておくッス。情報屋としてのメンツもあるッスからね。新しい情報が掴めたら、アデルさんが戻ってきた時にでも」

「分かった。そっちの方は任せたぞ」

同じく見送りに来ていたフランに向けて俺は頷く。

次にクレスに視線を送り、俺たちは出立《しゅったつ》を告げた。

「じゃあ、恐らく夕刻までには戻るから」

「ええ、アデルさん。また後で」

「……？」

笑みを浮かべたままクレスが言った言葉から、何か含みがあるように聞こえたのは気のせいだろうか？

俺はかすかな疑問を抱《かか》えながらも、メイアとテティに声をかけ、城下町の方へと歩き出した。


——コソコソ。

「アデル様……」

「アデル……」

「………あぁ」

城下町を歩きながら俺、メイア、テティの三人はその事実を確認して溜息をついた。

理由は俺たちを尾《つ》けてくる人物がいて、それが先程別れたばかりの人物だったからだ。

――まったく、あの王女様は……。

俺たちはわざと街の大通りから遠ざかり、人通りの無い路地へと進む。

裏路地とはいえさすがに水の都だ。脇には整備された水路が引かれており、綺麗な水が心地《ここち》よく流れている。

そして適当な所まで進み、俺は前触《まえぶ》れ無く振り返った。

「っ――」

俺たちを尾けていた人物が建物横に置かれていた大樽《おおだる》の陰《かげ》に素早《すばや》く身を潜《ひそ》めるところだった。中々素早い動きだ。

「クレス、こんな所で何をしている」

「あ……」

大樽の陰を覗きながら声をかけると、深めに被《かぶ》ったフードの奥で金色の髪が揺《ゆ》れて、クレスは引きつった顔を浮かべた。

「お、おやアデルさん。それに皆さん、偶然《ぐうぜん》ですネ」

「いや、それは無理があるだろう」

観念したクレスを見て俺はまたも溜息をつく。

「むぅ。どうして分かっちゃったんですか？　これでも従者のハリムを何度も撒《ま》けるくらいにかくれんぼは得意なのですが」

「テティちゃんは鼻が利《き》きますし、私も人の気配にはそれなりに敏感《びんかん》です。それに何より、アデル様は私がジョブの能力を使っていても見破っちゃうくらいに鋭《するど》いですから」

「そうなんですね……。後で皆さんを驚かせようと思ったのに」

メイアの解説を聞いてクレスはがくりと肩を落とした。

それにしても本当に付いてくるとは。というか、ハリムを何度も撒くくらいに王宮を抜け出したりするのか……。

「王女様、かなりお転婆《てんば》」

「うっ……。い、いやテティさん。これにはちゃんと理由が」

「理由?」

テティが小首をかしげて耳をピクピクと反応させる。

それにクレスが答えようとした時だった。

俺は複数の気配を感じて路地の先、建物の物陰へと目をやる。

——ジャリ、と。

そこから現れたのは赤い外套《がいとう》を羽織った連中だった。

「「「……」」」

数は三人。

連中は物を言わず、ただ黙って距離《きょり》を詰《つ》めてくる。

「なあ。この国ではああいう連中、よくいるのか?」

「い、いえ……。見たこともありませんが」

俺の問いに、クレスは困惑気味に回答する。

連中の目は虚《うつ》ろで生気が感じられない。不気味な連中というのが抱いた印象だった。

と、観察していると先頭にいた人物が片手を天にかざし、後の二人も揃って同じ姿勢を取る。

「無力化し、捕《と》らえよ……」

「無力化し、捕らえよ……」

「無力化し、捕らえよ……」

赤いローブの集団は無機質な言葉で呟くと、かかげた手の先から火球を発生させた。

火の粉が舞い、近くに置いてあった木箱に引火する程の熱量。

「かなり強力な魔術の使い手のようですね……」

「だな。しかし、こんな所であんな魔法を使われたら大迷惑《だいめいわく》だ。ここはこの国の資源を使わせてもらおう」

「なるほど。アデル様、あれを試《ため》すんですね」

メイアに応じながら、俺は【執行人】のジョブ能力を使用した。

目の前には青白い文字列が表示される。

＝＝＝＝＝＝＝＝＝＝＝＝＝＝＝＝＝＝＝＝＝＝＝
累計執行係数：３６６８０６１ポイント
執行係数６０００ポイントを消費し、《水精霊の加護《アクアヴェール》》を実行しますか？
＝＝＝＝＝＝＝＝＝＝＝＝＝＝＝＝＝＝＝＝＝＝＝

承諾《しょうだく》――。

今まさに火球を放とうとしている赤いローブの連中に向け、俺はそのジョブスキルを実行する。

「《水精霊の加護《アクアヴェール》》――」

「「「ッ――!?」」」

俺が唱えると、路地脇の水路を流れていた水が集まっていき、路地の幅一杯《はばいっぱい》に水の球を形成する。

それはさながら巨大な水の檻《おり》で、赤いローブの連中を火球ごと飲み込んでいった。

「こ、これは――」

クレスがその光景に目を見開き、言葉を漏《も》らす。

精霊《せいれい》の加護を受けることができる【精霊剣士】のジョブスキルの内、水を駆使《くし》する技《わざ》だ。

赤いローブの連中はのたうち回るようにしてもがいていたが、それも長くは続かず、俺がジョブスキルの使用を解除した頃には地面に力無く倒れ込んでいた。

「ふう」

「流石ですアデル様。消火活動までお疲れ様でした」

「練習してた甲斐《かい》があったな」

俺は今使用したジョブスキルの感触《かんしょく》を確かめるように手を何度か握る。

どうやら水が豊富なこの国だと尚更《なおさら》この能力は相性《あいしょう》が良いらしい。

「す、凄い……。あれだけの水量を操《あやつ》るなんて、王宮で一番の魔術師でもできませんよ。アデルさんは規格外すぎますね……」

「まあ、そこはアデルだから」

クレスの言葉にテティが見慣れたものだと反応している。

「さて、どうやら俺たちの聞き込みはこいつらから始めることになりそうだな」

俺はそう言って、ぐったりとしている赤いローブの連中へと足を向けた。

＊＊＊

「ふぅ……」

俺はキュッと温水の出る栓《せん》を止め、タオルで頭を掻き回しながら今日の出来事を振り返っていた。

ルーンガイア王国で起きている行方不明者の多発事件――。

事件に関する聞き込みを行うため城下町へと出ていた俺たちは、怪しげな赤いローブの男たちと交戦し、捕らえることに成功。

その後、記憶を読み取るジョブスキルを持ったフランに赤いローブの男たちを引き渡《わた》し、再度街で聞き込みをした後で自室へと戻ると、既《すで》に外は暗くなっていた。

──コッ。コンコン。

軽《かろ》やかな音で入り口の扉が三回ノックされて、意識が現実に戻される。

──この叩き方は……、メイアだな。

俺は髪が半乾きなのもそのままに、ハリムが用意してくれたローブを羽織る。

扉を開けるとやはりそこにはメイアがいた。

メイアも湯を浴びたらしい。下ろした銀の髪はいつもより艶《つや》やかで、服は薄手《うすで》の寝間着《ねまき》に着替《きが》えている。

さっきハリムが俺の部屋にも届けてくれたし、メイアの元にも支給されたのだろう。《銀の林檎亭》にいる時とはまた違う姿で、少し新鮮な気がした。

「アデル様、失礼しま──」

と、メイアの蒼《あお》い瞳《ひとみ》が俺を見上げてきて目が合う。

メイアは何故《なぜ》かその姿勢のまま硬直《こうちょく》していた。

「どうした？」

「…………」

「メイア？」

「……はっ。すみません、湯上がり姿のアデル様がちょっと刺激《しげき》的で」

別に《銀の林檎亭》にいる時もよくあると思うが……。

まあ、確かにその時はすぐ自室に入るしローブ姿というのも珍《めずら》しいかもしれない。

俺がいつもとは違うメイアの寝間着姿を新鮮だと感じたように、メイアもまた何かしらの感慨《かんがい》を覚えたのだろう。……たぶん。

メイアも湯浴《ゆあ》みをした後のせいか、その頬はやや紅潮していて、湯あたりでもしていないかと少し心配になる。

「で、何かあったか？」

「ええと、クレス様がお香《こう》を差し入れてくれたので、アデル様にもと思いまして。ぐっすり眠れる効果があるらしいですよ」

「そうか、そいつはありがたいな」

クレスは昼間の赤いローブの連中を退けた時もしきりに感謝してくれていた。自分が依頼をしたのだからできることはさせて下さいと言っていたが、何かと気を回してくれる王女様である。

きっと、それだけ自国の民のことを想《おも》っているのだろう。

俺もクレスの期待に応《こた》えないとなと考えながら、メイアから差し出された小さめの瓶《びん》を受け取る。

瓶の中に満たされた薄緑色《うすみどりいろ》の液体を見つめていると軽い眠気《ねむけ》が襲《おそ》ってきて、俺は欠伸《あくび》を噛《か》み殺した。

「アデル様、お疲れですか？」

「ん……、ああ。慣れない土地で気が張ってるのかもな」

そこでメイアは目を伏《ふ》せて考え込み、何かを思いついたように顔を上げる。

「アデル様、中に入ってもよろしいですか？」

「うん？」

「その……お疲れのようですしマッサージでもどうかな、と」

「メイアも疲れているだろう？　それは悪いよ」

「いえいえ、私はこの通りピンピンしています。今日の戦闘《せんとう》もアデル様が一人で相手を倒しちゃいましたし。ですから是非」

メイアが寝間着の袖を捲《まく》り、わざとらしく白い腕を見せる。

こういう時のメイアは頑固だ。断っても聞かないだろう。

俺は苦笑《くしよう》しながら、その申し出を受けることにする。

「お、お邪魔《じやま》します」

何故か少ししおらしくなっているメイアを自室へと招き入れ、俺は扉を閉めた。

「ではアデル様、ベッドの上にどうぞ！」

「そんな大げさに言わなくても。……じゃあ悪いが頼む」

「はい。では失礼して……」

うつ伏《ぶ》せになった俺の背にメイアが跨《また》がったようだったが、不思議と重さはほとんど感じない。かすかにベッドが軋《きし》む音がするだけだ。

ふわりと石鹸《せつけん》の香《かお》りが鼻孔《びこう》をくすぐり、遅《おく》れて背中が心地よい強さで圧迫《あつぱく》されていく。

「痛くはありませんか、アデル様？」

「ああ、ちょうど良いよ」

「ふふ。こうしてアデル様と二人きりでお話しするの、久々な気がします」

確かにメイアと出会って《復讐《ふくしゅう》代行屋》を始めてからの二年間は二人でいることも多かったが、最近ではこういうのも久々な気がした。

他愛《たわい》も無い会話をしながら少し経った頃、メイアが少しだけ真剣な声で呟く。

「今日捕らえた赤いローブの集団、あれが《救済の使徒》なんでしょうか？」

「俺たちと出くわした時に『無力化し、捕らえよ』とか言ってたしな。いずれにせよ明日になれば何かしら情報も得られるだろう」

「フランちゃんも一晩あれば記憶を探れると言っていましたね。行方不明になっている人たちの居場所も分かると良いのですが」

「そうだな……」

赤いローブの連中を引き渡し、城下町の聞き込みを行った時の光景を思い出し、俺は心の中で舌打ちする。

その際に行方不明者の家族や知人が浮かべていた悲痛な表情。そして、それを見て悔しそうに唇《くちびる》を噛み締《し》めていたクレスの姿。

《救済の使徒》と呼ばれる組織が何を目的に動いているかは現状のところ不明だ。

それでもゼイオス王を襲ったことに加え、行方不明事件にまで関わっているのだとすれば、到底《とうてい》看過できるものではない。

「……」

――そう、これまでの依頼と同じだ。

たとえ国が違えど、理不尽を振りまく奴らをのさばらせておくわけにいかない。

「ふふ」

「どうした？」

メイアの笑う声が聞こえ、俺は首から先を回して後ろを見る。

「いえ、アデル様らしいなって」

「……言葉に出てたか？」

「いいえ。でも分かりますよ、アデル様の考えていることくらい」

メイアが言って、俺の背中を押《お》していた手が止まった。

代わりにそっと、手の平が俺の体に添《そ》えられる。

「私は二年前からアデル様にお仕えしてきました。そうやって、アデル様のことをずっと見てきましたからね」

それはとても優《やさ》しい声だった。

チュンチュン――。
朝になって。

窓の外から聞こえてきた小鳥のさえずりで眠りから覚め、俺の意識は一気に覚醒《かくせい》した。

「……何故メイアと同じベッドで寝ている？」

昨日、マッサージの後でメイアがクレスから差し入れられたお香を開けたところまでは覚えている。

確かメイア曰《いわ》く「ぐっすり眠れる」というお香だった。

その前にメイアには自分の部屋に戻るよう伝えたはずだったが……。

「結局二人で寝落ちしたと？」

俺はまだ隣で寝ているメイアを見ながら独り呟く。

念の為《ため》、自分とメイアの衣服を確認するが特に乱れてはいない。とはいえ、このままというのも何か良くない気がした。

――コンコンコン。

扉を叩く音がする。誰か来たようだ。

「メイア、起きて……というか離《はな》れてくれ」

「んぅ」

「お、おい――」

肩を揺すって起こそうとしたところ、メイアは寝ぼけているのか俺の首に腕を回してくる。

薄い寝間着で密着されたため、メイアの体温が伝わってくるが、今はそれどころじゃない。

その腕を解こうとするのと、入り口の扉が開くのはほぼ同時だった。

「アデルさん、おはようございま――」

俺とメイアに目を向けたまま、クレスが固まっていた。

「おやぁ？」

「アデルとメイア、仲良し」

クレスの後ろにはニヤニヤとした笑いを浮かべるフランと、どこか楽しそうに尻尾を振るテティの姿もある。

「な、なるほど。お二人はやっぱり……」

一体何が「なるほど」で、何が「やっぱり」なのか。

クレスの呟きは何かに納得《なっとく》したもので、俺はそれが間違いなくロクなものではないだろうと理解する。

どう誤解を解こうかと俺が頭に手を当てる一方、俺に抱きついたままのメイアは静かな寝息を立てていた。

＊＊＊

「地下水道……？」

「はいッス。アデルさんたちを襲った赤いローブの連中から読み取れたのがその記憶ッス」

朝、俺とメイアが同じ部屋で寝ていたところを目撃された一騒動《そうどう》から少し経って。

俺たちはフランが読み取った情報を共有するべく王宮の作戦室に集まっていた。

ちなみにここへ来る途中、俺とメイアの間に何かあったという誤解は解いておこうと説明済み……なのだが、クレスは「でも、お二人が同じ部屋にいる時点で……」と評し、フランは「いやいや、めでたいことだと思うッスよ」と宣《のたま》っていた。どうやら俺の説明はどこかに飛んでいったらしい。テティに至っては「仲の良い男女は一緒に寝るってフランから聞いた」などと余計なことを吹《ふ》き込まれたようだったので、フランには後でキツく言っておく。

まあ、みんな面白がっているだけだろう。とにかく今はルーンガイアで起きている事件の情報整理が先決だ。

「クレス、地下水道というのは？」

「はい。ルーンガイアの至る所に水路が引かれているのは皆さんお気づきになったかと思いますが、それとは別に、地下にも水路があるんです。お父様が国王となられる何代も前からあったものなのですが、結構な広さでして……」

「ふむ。その分、身を隠《かく》すには最適、というわけか」

クレスの話によれば、ルーンガイアの地下水道は前の時代の名残《なごり》なのだそうだ。

そのため、現在では地下水道の整備などを行うことは滅多《めった》になく、普通は人が出入りするような場所ではないとのことだ。

「それで、フランちゃんが読み取った情報によるとあの赤いローブの人たちは……」

「はいッス、メイアさん。一部読み取れない記憶もありましたが、奴らは大方の予想通り《救済の使徒》の構成員と見て間違いないッス。その構成員の記憶から普通じゃ出入りしない場所が読み取れた。ということは――」

「地下水道が《救済の使徒》のアジトってことになりますね」

メイアの言葉にフランが真剣な表情で頷く。

ルーンガイア国内で多発している行方不明者事件。

それに関わる組織、《救済の使徒》の根城が判明したとなればやることは一つだ。

「よし。それなら俺とメイア、テティですぐにでも奴らのアジトに向かおう。そこに行方不明になった人たちもいるはずだ」

その言葉に皆が頷き、俺たちは《救済の使徒》の根城――ルーンガイアの地下水道へと乗り込むことにした。


「で？　何でまた王女様が付いて来ようとしてるんだ？」

準備を調え、城の中庭まで出たところ、明らかな外行き用衣装《いしよう》を纏《まと》ったクレスがいた。

昨日は王女としての正装で見送った後に着替えてコソコソと付いて来たわけだが、もはや隠す気も無いらしい。

「王女様、やっぱりお転婆」

「ち、違いますよ、テティさん」

テティに呆《あき》れた目を向けられ、慌ててバタバタと手を振るクレス。

そういう振る舞いが王女らしくないのだが……。

後ろには従者のハリムがいて、首を振っている。

なるほど、どうやら説得したが聞かなかったクチらしい。

「しかし、今日は流石に理由もなく連れて行くわけにはいかないぞ。恐らく戦闘になるだろうし、昨日の赤いローブの連中を見た限りではかなり好戦的だ。さすがにそんな奴らが根城にしている場所へ王女を連れて行くわけには……」

メイアとテティも同行するが、この二人は強力なジョブに加え、俺の【執行人】の仕事を手伝ってきてもらったために戦闘経験も豊富である。

《救済の使徒》のアジトに囚《とら》われた一般人《いっぱんじん》がいた場合や人質《ひとじち》に取られた場合などを想定して二人にはいてもらいたいところだが、クレスの同行は話が別だ。

「分かっています。私も単なる好奇心《こうきしん》でアデルさんたちに付いて行こうとしているわけではありません」

「……なら何故？」

「昨日はお話しするタイミングを逃《のが》してしまったのですが、私のジョブで『視《み》えた』からです」

「視えた？」

クレスは頷くと、辺りに俺たち以外がいないことを確認する。

そして、目を閉じ、胸の前で手を合わせて何かを念じ始めた。

途端《とたん》、クレスの目の前に光り輝く長方形の札のようなものがいくつか現れる。

「これは……」

「何かの護符《ごふ》、でしょうか？　それぞれに絵が描《か》いてあるようですが」

「すごい、キラキラ」

俺たち三人が揃って感嘆《かんたん》し、クレスは閉じていた目を開けた。

「これが、私の持つジョブ──【絵札占師《アルカナミスト》】の能力です」

「このカードみたいなものを召喚《しょうかん》するのがか？」

「ふっふっふ。これらは普通のカードじゃないんですよ、アデルさん。未来を指し示すカードなんです。……といっても抽象《ちゅうしょう》的なものですが」

クレスはそう言って手を突《つ》き出す。

すると光が集束し、その手には一枚の絵札が握られていた。

「これは……『魔女』の絵が描かれたカード？」

「はい。私のジョブは、誰かの未来を占《うらな》うことができるんです。こうやってジョブの力を使用して私の手に現れた絵札。それがその人の近い未来に訪れる事柄《ことがら》を表すんです」

「つまり、断片《だんぺん》的にではあるが未来視ができるジョブということか。かなり特殊《とくしゅ》なジョブだな」

「ちなみに今のはアデルさんを対象にさせていただきました。そうして表れたのがこの『魔女』のカードというわけです」

「魔女、か……」

クレスが手にしているカードには女性の姿が描かれており、その女性は大きめの魔女帽子《ぼうし》を被《かぶ》っていた。

その絵札からある一人の人物を思い浮かべたのはメイアとテティも同じだったようで、二人は揃って俺に視線を向けてくる。

――シシリー・グランドール。

俺たちの頭に浮かんでいたのはここルーンガイアに来る前。ゴーレムを従え、クレスが俺の元に訪れることを予見していた魔族の少女の名だった。

「アデルさん、仰っていましたよね。魔法使い風の少女……シシリーという魔族に会ったと」

「ああ……」

クレスは《銀の林檎亭》を訪れた際、俺から魔族の少女シシリー・グランドールについて話を聞いている。

そのクレスが使用したジョブの力により、シシリーを連想させる未来視がなされたということだ。

「つまり、俺たちが近いうちにシシリーと再会するかもしれないと?」

「はい。それに、そのシシリーという魔族は《救済の使徒》について調べていたという事実もあるようですし、王女として直接会える機会があるなら話を聞いてみたいのです」

確かに、クレスにとってみれば、本来絶滅《ぜつめつ》したと思われている魔族が自国で起きている事件を調べているというのは気になる状況《じょうきょう》だろう。俺たちの未来を示すカードにその人物と関わるかもしれないと表れているのであれば尚更だ。

「お願いします！　こう見えても私、ハリムに鍛《きた》えられてそれなりに剣の腕には自信がありますから」

クレスは言いながら、腰に差した刺突用片手剣《レイピア》を強調する。

――仕方ない。言っても聞かなそうだしな……。

「分かった。その代わりあまり前には出るなよ。なるべくメイアやテティの近くにいてくれ」

「はい！　アデルさんの足手まといにはなりませんから」

俺は意気揚々《ようよう》と頷くクレスに嘆息《たんそく》し、メイアやテティと視線を交わし合う。

「何にせよ目的地は地下水道、ですね。アデル様」

「ああ」

メイアの言葉に応じ、俺は《救済の使徒》の根城である地下水道を目指すことにした。


「ここが地下水道か」

クレスに教えてもらった入り口から、俺たちはルーンガイアの地下へと侵入する。

石を用いた舗装《ほそう》がなされ、幸いにも水路横の道幅はそれなりにあって歩きやすそうだ。しかし、当然屋外とは異なり視界も悪かったため、持参していた携帯《けいたい》用の灯《あか》りに火を灯《とも》す。

「テティ、何か匂いは感じるか？」

「うーん。空気が淀《よど》んでるせいかちょっと分からないかな。生き物の匂いは漂《ただよ》ってるんだけど、方向まで絞《しぼ》れないかも」

「そうか……。となると地図から当たりを付けるか」

俺はクレスが用意してくれた地下水道の地図を広げ、灯《あか》りを照らした。

「もし《救済の使徒》が行方不明になった人たちを捕らえているとすれば場所は絞れますね」

「そうだな。メイアの言う通り、ある程度広い空間ということになりそうだ。クレス、その仮定に基《もと》づいた場合、該当《がいとう》しそうな場所はあるか？」

「そうですね……。確かこの辺りにそのような場所があったかと思いますが」

クレスの細い指が地図をなぞり、俺たちが今いる地点から西側を示す。その場所を見ると、確かに開けた空間があることが記されていた。

「よし。じゃあ西側の区画を目指すか。薄暗《うすぐら》いから、気をつけて進もう」

俺の言葉に皆が頷き、慎重《しんちょう》に進むことにした。

そうして歩くこと十分ほど。

地下水道の西区角に向かう途中、十字路に差し掛《か》かったところ――。

「無力化し、捕らえよ……」

「無力化し、捕らえよ……」

「無力化し、捕らえよ……」

想定していた通りと言うべきか、俺たちの周りには赤いローブを着た連中が現れる。昨日出くわした《救済の使徒》と同じ格好《かっこう》をした者たちだ。つまりコイツらも《救済の使徒》の構成員ということだろう。

数は昨日よりも更《さら》に増えて十人といったところか。やはり、地下水道に奴らの根城があるらしかった。

赤いローブの者たちは俺たちを中心にして四方から現れ、挟撃《きょうげき》を仕掛けてくるつもりだ。

「四方から挟み撃《う》ち……ですね、アデルさん。一人一方向を相手にしましょう」

クレスが刺突用片手剣《レイピア》を腰から抜き、交戦する構えを取る。

――仕方ないな。あまり戦闘には加わってほしくなかったが。

「分かった。その代わり、これを使っておく」

俺は過去に刈り取ったジョブスキルの中から一つを選び、クレス、メイア、テティの三人に向けて使用する。

＝＝＝＝＝＝＝＝＝＝＝＝＝＝＝＝＝＝＝＝＝＝＝＝＝＝＝
累計執行係数：３６６２０６１ポイント
執行係数１００００ポイントを消費し、《支援魔法《バッファースペル》》を実行しますか？
＝＝＝＝＝＝＝＝＝＝＝＝＝＝＝＝＝＝＝＝＝＝＝＝＝＝＝

承諾――。
俺が念じると、クレスの手にした刺突用片手剣《レイピア》、メイアの短剣、テティの拳《こぶし》が金色の光に包まれていく。

「わっ、凄いですアデルさん。剣が凄く軽いです」

「対象の使用する武器を強化するジョブスキルを使用した。これでいくらかは戦いやすくなるはずだ」

「これってマーズが使っていたのと同じ？　ああ、だからアデルはあの時すぐに、勇者の聖剣がジョブスキルで強化されたものだって分かったんだ」

「まあ、そんなところだ」

使用者である俺の近くにいないと効果が持続できないジョブスキルだが、この狭《せま》い範囲《はんい》での戦闘なら問題ないだろう。

俺たちは頷き合うと、互《たが》いを背にしてそれぞれ前方の《救済の使徒》の構成員と対峙《たいじ》する。

俺は《風精霊の加護《シルフィード》》で、メイアは愛用武器である銀の短剣で、テティは【神狼《ヴァナルガンド》】のジョブにより強化した拳で、敵を各個撃破《げきは》していく。

「ハァッ！」

クレスの方も心配はいらないようだ。というより、予想以上の動きである。

刺突用片手剣《レイピア》で上手《うま》く相手の攻撃《こうげき》をいなしつつ、急所を外した刺突《しとつ》攻撃で敵を無力化していく。

そうして、一分と経たない戦闘で、俺たちは襲ってきた《救済の使徒》の構成員を撃退することに成功した。

「ふう、皆さんお疲れ様です」

「王女様も凄かった。ただのお転婆王女様じゃなかったんだね」

「あぅ……。テティさん、それはあまり言わないでいただけると……」

刺突用片手剣《レイピア》を鞘《さや》に納めたクレスが、テティの一言により肩を落とす。

「でも、クレス様の動き、本当に見事でした」

「ああ。正直驚いた。この分なら問題なさそうだな」

「ありがとうございます。でも、アデルさんにかけていただいた《支援魔法《バッファースペル》》、凄いですね。あそこまで剣を軽々と扱《あつか》えたのは初めてでした」

「これなら私もお役に立てますね！」とクレスは続けて、嬉しそうにはにかんでいた。

そうして、俺たちは地図を再確認し、地下水道の西区画へと足を踏み入れる。

始めは同じことが起こるだろうと警戒《けいかい》しながら進んでいたが、《救済の使徒》の構成員が襲ってくるようなことはなかった。

「アデル様、あれは……」

ある所で、メイアが灯りに照らされた水路の先を示す。

そこには、赤いローブの男たちが数名、石畳の上に倒れ込んでいた。

「どうやら気絶しているだけのようだが、一体何があったんだ？」

辺りを見回すと石壁《いしかべ》が何箇所《かしょ》か傷ついており、戦闘した後であることが窺《うかが》える。恐らく、何者かが赤いローブの男たちと戦ったのだと予想されるが……。

更に奥へ進むと、道標《みちしるべ》のように気絶した赤いローブの男たちが続いていた。

俺たちはそれらを避《さ》けるようにして、地下水道に入った初めにクレスが示した場所へと近づいていく。

そして――。

「これは……」

地下水道の西区角、その最奥部《さいおうぶ》にある開けた空間。

そこに広がっていた光景を目にした俺たちは一様に息を呑《の》む。

「ぐ、ぁ……」

呻《うめ》き声を上げながら倒れている赤いローブの男たち。

その奥に「彼女《かのじょ》」はいた。

「シシリー・グランドール……」

「久しぶりね、黒衣の執行人サン。やっぱり貴方《あなた》もルーンガイアに来ていたのね」

《救済の使徒》の根城にいたのは、大きめの魔女帽子を被った少女――シシリー・グランドールだった。

「お前、一体ここで何をしている……」

「アハハ。散歩してたら迷っちゃって、ね」

シシリーは俺の問いに不敵な笑みで返す。

まさか俺がそんな冗談《じょうだん》を真に受けるとは思っていないだろうが、実に楽しげだ。

幼い外見には見合わないミステリアスな雰囲気。そして掴みどころの無い印象は初めて会った時と変わらない。

「貴方が……」

「あら、ルーンガイアの王女様も一緒だったのね。初めまして」

シシリーはにこやかに笑ってクレスに一礼する。

前回会った時はゴーレムをけしかけられたこともあり、戦いになってもいいよう準備していたのだが……。

けろりとしているシシリーを見て、メイアやテティも毒気を抜かれた様子だ。

「シシリーさん、本当のところはここで何を？」

「こんにちはメイドのお嬢《じょう》さん。ちょっと悪巧《わるだく》みをしている人たちのお仕置きをね」

シシリーが言いながら指したのは脇に転がっている赤いローブの連中だ。

それを見てテティが疑問を投げかける。

「《救済の使徒》が悪いことをしてるからそれを襲ったってこと？　まるでアデルみたいなことをするんだね」

「私は黒衣の執行人サンみたいに立派なことをしているわけじゃないわ。私は私の目的のためにそうしているだけ」

「目的のため？」

「そ」

「それは――」

テティが続けて問おうとしたその時だった。

「侵入者《しんにゅうしゃ》め……。我らに手を出したこと、後悔《こうかい》するがいい……」

シシリーの傍《そば》で倒れていた《救済の使徒》の男がボソリと呟き、赤いローブの奥から何かの操作器のようなものを取り出す。そして、そのスイッチを押した直後に気を失った。

――ゴゴゴゴゴ。

「何だ？　壁《かべ》の方から……」

「なるほど……。やっぱりね」

シシリーが悪態をついて音のした壁面《へきめん》を見やる。

そして――。

――ドゴォッ！

石造りの壁を破壊《はかい》し、そこから現れたのは巨大な兵器だった。いや、兵器というより見た目は魔獣に近い。

四つ足に獣型モンスターのような三つの頭部を持ち、赤く明滅《めいめつ》した瞳が俺たちの方へと向いていた。所々が鉄とも鏡とも見える外殻《がいかく》に覆《おお》われている。

それを見てシシリーが隣で舌打ちしたのが聞こえた。

「シシリー、知っているのか？」

「あれは機械仕掛けの魔獣――ガーディアンキマイラ」

「機械？　しかし、あそこまで大仕掛けで精巧《せいこう》なもの、今の時代に稼働《かどう》しているなんて聞いたことないが……」

「そうでしょうね。大昔に滅んだとされる文明の遺物だもの。正確には、ある男が生み出した技術ね……」

言ってシシリーは目を細める。

シシリーは魔族だ。それに、前に会った時は千年前から生きているような口ぶりだった。

だから、古代の文明についても何か知っているのだと思うが……。

真剣な表情を浮かべたシシリーの横顔は、何かそれ以上のことを考えているようでもあった。

「そんな古代の遺物をどうして《救済の使徒》が……。しかし、今はゆっくり話している余裕《よゆう》は無さそうだな」

「そうね。本当は黒衣の執行人サンともう少しお話ししたかったのだけれど、残念」

そう言いつつ、シシリーは俺たちに背を向けて距離を取る。

「おい」

「それじゃあ、後はよろしく」

「何故だ。お前は《救済の使徒》を殲滅《せんめつ》しにやって来たんじゃないのか？」

「ふふ。正しくは『あるもの』を回収しに来たのよ。あと、そこで転がっている男たちから聞き出したい情報があったんだけど、残念ながらそれは持っていないようだったし」

「……」

「あと、アレの相手は骨が折れそう。黒衣の執行人サンなら任せられるでしょうしね」

シシリーは「ああそうだ」と言って、こちらを振り返る。

「黒衣の執行人サン。これを」

シシリーが投げて寄越《よこ》したのは、黒い石だった。

一見するとただの石のようなそれを、俺は手で掴む。

と、俺の手に触《ふ》れた瞬間、黒い石は淡《あわ》く、そして青く光り出した。

——何だ？　熱も感じないいし、不思議な感触がする石だが。

「……やっぱり、貴方には『資格』があるみたいね」

シシリーは独り言のように呟き、口の端を上げる。

「この石は何だ？」

「それは特殊な力を持った石なの。私も持っているんだけど、お揃いね」

俺に渡したのと同じものだろう。シシリーは懐《ふところ》から石を取り出すと、まるで玩具《がんぐ》を自慢《じまん》する子供のように見せつけてきた。

「その石、大事に持っていてね。この石を互いに持つ者同士は、また会える運命にあるから」

意味が分からない……。

シシリーは笑みを浮かべるだけで、その先を語ろうとはしない。

そうして初めて出会った時の去り際と同じく、トプンと地面に溶《と》けこもうとする。

「ま、待ってください！　貴方たち魔族は、一体何をしようとしているのですか⁉」

声を発したのは、俺の背後にいるクレスだった。

シシリーは地面に体を溶け込ませつつ、少しだけクレスの方を振り返る。

「私の目的はプライベートだからね。それは秘密よ。でも、気をつけて王女様。ルーンガイアに潜んでいる悪は、《救済の使徒》だけじゃない」

「《救済の使徒》だけじゃない？」

クレスが重ねて尋《たず》ねるが、シシリーはその問いには答えず、手を振りながら地面へと溶けていった。

「何だったんでしょうか、アデル様」

「さぁな。意味深なことばかり並べて去るのは勘弁《かんべん》してほしいが」

俺はシシリーから受け取った黒い石を懐にしまい、ガリガリと不快な音を立てている機械獣に目を向ける。

「クレス。気にはなるが、まずはアレをどうにかするぞ」

「そう、ですね」

クレスは先程のシシリーの残した言葉が気になっているのだろう。しかし、切り替えたように頷くと、刺突用片手剣《レイピア》を鞘から抜いてガーディアンキマイラと対峙した。

「金属製の外殻……。生半可な攻撃は通りそうにないですね、アデル様」

「ああ。どんな攻撃を仕掛けてくるか分からない。慎重に対応しよう」

俺の言葉にメイア、テティ、クレスが頷き、臨戦態勢を取る。

――離脱《りだつ》したシシリーによれば、あれは古代の遺物ということだが……。なぜ《救済の使徒》があんなものを保持していたのかは後回しだな。

『侵入者ヲ探知シマシタ。殲滅行動ヲ開始シマス――』

赤い瞳が明滅し、無機質な声が響《ひび》き渡る。

直後、ガーディアンキマイラは四つの足で石畳を蹴《け》り、こちらに跳躍《ちょうやく》してきた。

「――っ。疾《はや》い！」

メイアがガーディアンキマイラの攻撃を宙返りで回避《かいひ》しつつ、一本の短剣を投げつける。

が、それは突き刺さること無く、鈍《にぶ》い金属音を立てて弾《はじ》かれるだけだった。

「やはり堅《かた》いですね……。それならっ！」

メイアは身に纏った給仕服を翻《ひるがえ》し、スカートの中から新たに抜いた短剣を手にガーディアンキマイラの背へと着地する。と同時、鱗《うろこ》のような外殻の隙間《すきま》へと剣を滑《すべ》り込ませた。

「やった……！」

「いや――」

テティが声を上げ、ガーディアンキマイラは一瞬怯《ひる》んだ様子を見せるが、すぐに体を振り回して背に乗ったメイアを剥《は》がそうとする。

「くっ――」

俺は跳躍し、体勢を崩《くず》して地面に叩きつけられそうになっていたメイアを空中で抱える。

そこに追撃を仕掛けようとするガーディアンキマイラだったが、それはテティとクレスによって阻止《そし》された。

「やぁあああっ！」

「ハアッ――！」

テティは【神狼《ヴァナルガンド》】のジョブにより強化した拳で、クレスは刺突用片手剣《レイピア》で外殻の隙間を攻撃。

どちらもガーディアンキマイラを仕留めるまでは至らないものの、追撃を阻《はば》むことに成功した。

俺はその隙《すき》に距離を取り、腕の中に抱えたメイアに声をかける。

「メイア、無事か？」

「え、ええ。でも色々と刺激が強いかもしれないです……」

む……。咄嗟《とっさ》のことだったとはいえちょっと強く抱きすぎたか。

俺はメイアをそっと下ろすが、今度は何故か少し残念そうな顔をされた。

「しかし、厄介《やっかい》だな。《亜空間操作魔法《デジョネーター》》なら仕留められるだろうが、あれは発動が遅《おそ》いからな。それに、できればあの機械獣がどういう代物《しろもの》なのか調べるためにも体は残しておきたい」

「ええ、アデル様のイガリマなら斬れるかもしれませんが、執行係数を持たない機械相手では喚《よ》び出せないでしょうし……」

先程の攻防《こうぼう》で分かったのは物理的な攻撃では効き目が薄いということだ。

外殻の隙間から剣を突き刺しても決定打にはなっていない。

それなら――。

距離を取った俺たちに対し、ガーディアンキマイラは長い尾を振り払《はら》ってきた。その攻撃を跳《と》んで回避しつつ、俺は瞬時に青白い文字列を表示させる。

「《神をも束縛する鎖《レージングル》》発動――」

空中から現れた黄金色の鉄鎖《てっさ》がガーディアンキマイラに絡みつき、その動きを封《ふう》じる。

ガーディアンキマイラは逃れようともがくが、金属同士の擦《かす》れる音が響くだけだ。

俺は間髪《かんはつ》容れず別のジョブスキルの使用を試みる。

――物理が駄目なら、魔法だ。

＝＝＝＝＝＝＝＝＝＝＝＝＝＝＝＝＝＝＝＝＝＝＝＝＝
累計執行係数：３６５９４６６ポイント
執行係数１５０００ポイントを消費し、《雷精霊の加護《テスラメント》》を実行しますか？
＝＝＝＝＝＝＝＝＝＝＝＝＝＝＝＝＝＝＝＝＝＝＝＝＝

承諾――。

「《雷精霊の加護《テスラメント》》――」

――グルキュッ⁉

精霊を操るジョブで喚び出した紫 色《むらさきいろ》の電撃が体躯《たいく》を伝い、ガーディアンキマイラは激しくのたうち回る。

そして音が止《や》むと共に、ガーディアンキマイラは石畳の地面へと倒れ込んだ。

『駆動《くどう》機関ニ致命《ちめい》的ナ損傷ガ発生シマシタ。機能ヲ停止シマス――』

そんな無機質な音が辺りに響き、ガーディアンキマイラの赤い瞳も消滅《しょうめつ》していた。

「やりましたね、アデル様！」

「ああ。《亜空間操作魔法《デジョネーター》》を使わずに仕留められて良かった。これで色々と調べられるな」

「あんな強敵相手にそんなことを考えながら戦ってたんですね」

「アデル、さすが」

駆け寄ってきたクレスとテティとも言葉を交わし、俺たちは互いの健闘《けんとう》を称《たた》え合う。

《救済の使徒》が何故こんな代物を持っていたのか気になるし、離脱したシシリーが残していった謎の石のことも気にかかる。が、今は行方不明な人たちの救出が先決だ。

そう考え、俺たちは《救済の使徒》のアジトを調べることにした。


「皆さん、無事ですか⁉」

ガーディアンキマイラを撃退してからほどなくして。

俺たちは意識を取り戻した《救済の使徒》を尋問し、隠し扉の先に捕らえられたルーンガイアの住人たちがいるとの情報を入手した。

そうして、鉄格子《てつごうし》で区切られた空間に行き着き、多数の人影《ひとかげ》を認めると、クレスが慌てて走り出す。

「おお、貴方はクレス様……！」

「王女様だ！　王女様が助けに来て下さったぞ！」

「ああ、神よ……。感謝いたします……」

「待っていてください！　今この檻を開けます！」

《救済の使徒》から奪《うば》った鍵《かぎ》でクレスがその牢《ろう》を開けると、歓声が湧《わ》き起こる。

中にはクレスに跪《ひざまず》き、感涙《かんるい》に咽《むせ》ぶ者もいた。

クレスも、今までは気丈《きじょう》に振る舞っていた部分があったのだろう。自分の国で行方不明になっていた住人たちを見つけることができた安堵からなのか、涙《なみだ》を浮かべて再会を喜んでいる。

「ありがとうございます、王女様！　王女様が《救済の使徒》を討ち倒してくださったのですか？」

「いいえ。彼《かれ》らがけしかけてきた機械獣は、あちらの方々が。最後はあそこにいる黒衣を纏った方がとどめを差してくださいました」

「おお、そうでしたか！」

まったく、お人好《ひとよ》しめ。自分も戦っていただろうに。

まあ、しかし……。

俺は凛《りん》とした態度で住人たちに話しかけているクレスを見て、あることを思う。

――民を想《おも》い、時には自身で行動し、そして成果に関しては自分よりも他者を立てる、か……。

俺はクレスの様子に権力者としてのあるべき姿を見た気がして、思わず笑みが溢《あふ》れるのを感じた。

本当にまったくだ。

――クレスのような人間がヴァンダールの王家にもいてくれたら、少しは違ったのかもしれないな。

詮無《せんな》いことを考えていると、解放されたルーンガイアの住人たちが俺たちの方へと駆けてくる。

「皆様が私たちを救うために戦ってくださったとか……。本当に、本当にありがとうございます……！」

先程のクレス同様、大勢の人たちに頭を下げられる。

メイアやテティは戸惑《とまど》いながらも、皆を助けることができて良かったと、歓喜《かんき》の表情を浮かべていた。

「あの、貴方がアデル様ですか？」

「え……？　はい、そうですが」

「クレス王女から聞きました。隣国のヴァンダール国を救い、今回の一件では私たちのルーンガイアにも協力してくださったと。本当に、何とお礼を言ったらいいか……」

俺に話しかけてきた初老の男性は、ただひたすらに頭を下げていた。

その辞儀《じぎ》はこちらが恐縮《きょうしゆく》してしまうほどで、俺はその男性に声をかける。

「いえ。今回の件はクレス王女がいたからこそです。俺たちはその手助けをしただけのこと。皆さんがご無事で何よりでした」

言いながら、俺の頭にはある考えが巡っていた。

「なあ、クレス。お願いがあるんだが……」

「はい？　何でしょうか、アデルさん」

《救済の使徒》に捕らえられていた住人を連れ、地下水道から皆で抜け出す道中。

俺は前置きをした後、クレスに向けてあることを切り出していた――。

＊＊＊

「アデル様。こっちのテーブル、磨《みが》き終わりました」

「わたしも終わった。外にあった樽は中に入れておいたよ、アデル」

ルーンガイアの民を救出した一件から数日が経ったある日。

俺たちはまだルーンガイア国内に留《とど》まっていた。

「ああ、二人ともサンキュな。とりあえず準備はこんなもので良いだろう」

今はとある目的のため、俺、メイア、テティ、フランの四人は城下町の外れにある空き家を訪れている。

「それにしても、こんな寂《さび》れた感じの空き家で良かったんッスかねぇ。王女様に言えば、王宮のお部屋をそのまま使わせてくれたとフランは思うッスけど」

「いいんだよ。そもそも王宮って、俺のガラじゃないしな」

「いや、アデルさんは元王族でしょ……。まあ確かに、あの仕事を王宮でやるってのは変かもしれないッスね」

フランは入り口横にある樽の上であぐらをかき、わざとらしく溜息をついた。

ルーンガイアの行方不明者多発事件に関わっていた《救済の使徒》を殲滅した後でのこと。俺は王女クレスにある提案を持ちかけていた。

「でも、びっくりしちゃった。アデル、執行人の仕事をルーンガイアでやるって言い出すから」

「いきなりですまなかったな、テティ」

「ううん。わたしはアデルがやりたいって思うことなら何でも協力するよ。そのためにアデルに付いてきたんだから」

「そう言ってくれるとありがたいよ」

俺が軽く頭を撫《な》でてやると、テティはパタパタと機嫌《きげん》よく尻尾を振っている。

元いたヴァンダール王国で行っていた復讐代行——即《すなわ》ち俺のジョブでもある【執行人】としての仕事。

俺はその拠点《きょてん》を一時的にルーンガイアへと移すことを決めていた。

二年前に王家を追放されて——。俺はこの世にはびこる様々な理不尽を見てきた。

他人を蹴落《けお》としてでも自分の願望や欲を満たそうとする連中。ここにいる皆は、そういった身勝手な思想を持つ人間たちに翻弄《ほんろう》され、それでもなお抗《あらが》おうとしてきた。

しかし、それは何も俺たちだけではない。

先日の《救済の使徒》が引き起こしていた一件が良い例だ。国は違えど理不尽の種は存在していたし、それに抗おうとする者、抜け出そうとする者がいた。

そして、クレスのようにそういった者たちを救おうとする人間も……。

だから俺は、理不尽の種を刈り取るために、理不尽に抗おうとする者のために、俺が持つ【執行人】のジョブを役立てることをクレスに申し出たのだ。

「アデル様らしいですよね。そういうところ」

不意にかけられた声に顔を上げると、メイアがにこやかに笑って林檎を差し出していた。

俺は差し出された林檎を受け取り、そのまま齧《かじ》りつく。

独特の甘酸《あまず》っぱい果汁《かじゅう》が口の中を満たし、自然と笑みが溢《こぼ》れるのを感じた。

「《銀の林檎亭》の様子を見てくれているリリーナさんの報《しら》せによれば、今はあちらの国も落ち着いているらしいですからね。しばらくはこちらの国で執行人のお仕事をされるのも良いのではないかと」

「ああ。クレス曰く、この国には問題も多いらしいからな。協力を申し出たら是非にと言ってくれたよ。一時的にだが、ここで酒場をやりながら活動するとしよう」

それに、シシリーが去り際に残した、ルーンガイアに潜んでいる悪は《救済の使徒》だけではないという言葉。

その真実を突き止めるまでは俺がクレスから受けた依頼も終わりではない気がしていた。それならば、【執行人】としての依頼を受けていけば、情報も集められるだろう。

「元のヴァンダールでやっていた酒場にはほとんどお客さんは来なかったですし、ちょうど良いッスね」

「よし。メイア、もうフランには飯作らなくていいぞ」

「だぁーっ！　冗談っ、冗談ッスよアデルさん！」

「フラン、懲《こ》りないね」

慌てふためくフランを見て、テティが頭から生えた獣耳《けものみみ》をわずかに垂らす。メイアの方は楽しげにそのやり取りを眺めていた。

どうやら、場所が変わっても賑《にぎ》やかなのは変わらないらしい。

――さて、この国ではどんな依頼人がやって来るかな。

俺は再び林檎を齧りながらそんなことを考えていた。

# 幕間　《銀《ぎん》の林檎亭《りんごてい》》の看板

酒場を始めるための備品整理や、この土地に合わせたメニューの考案などを行っていたところ、クレスがやって来た。

ルーンガイアに《復讐代行屋《ふくしゅうだいこうや》》の拠点《きょてん》を移した翌日。

「クレスか。どうしたんだ？　こんな所まで」

「アデルさん、こんにちは！」

まずクレスが酒場に入ってきて、その後に付き人のハリムが続く。ハリムの顔はどこか疲《つか》れた表情で、またクレスがお転婆《てんば》な性格を発揮して城を抜《ぬ》け出したのだろう。

俺《おれ》は「心中をお察しします」と心の中で呟《つぶや》き、ハリムに頭を下げた。

「こんにちはクレスさん。またお会いできて嬉《うれ》しいです」

「王女様、今日はどうしたの？」

「メイアさんにテティさんもお元気そうで何よりです。実はですね、アデルさんたちが酒場を開店されると聞いて、コレを持ってきたんです」

クレスが言って、ハリムが抱《かか》えていた荷物をテーブルの上に置く。その荷物は麻布《あさぬの》に包まれ、それなりの重量感があるようだ。

麻布を広げると、そこから現れたのは彫刻《ちょうこく》が施《ほどこ》された鉄製のプレートだった。

「これは……。看板？」

「はいっ！　開店のお祝いに、勝手ながら作らせていただいたんです。フランさんから、アデルさんたちが元いた国ではこの名前でお店を開いていたと聞いて」

「そうだったのか」

鉄製の看板に刻まれていたのは《銀の林檎亭》の文字と絵。そしてその外側を覆《おお》うように描《えが》かれた「狼《おおかみ》」の彫《ほ》りだ。それに反応したのか、背伸《せの》びして覗《のぞ》き込《こ》んでいたテティが獣耳《けものみみ》をピンと立てる。

「これ、もしかしてわたし？」

「おお、よくぞ気づいてくれましたテティさん！　お店の名前の由来がアデルさんとメイアさんの出会いがきっかけだというのは聞いたんですが、テティさんも入れて差し上げたいなと思いまして。僭越《せんえつ》ながら私が彫らせていただきました」

「ありがとう……。すごく、嬉しい」

今度はしおらしく耳を垂らし、けれどどこか嬉しそうに尻尾《しっぽ》を振《ふ》るテティ。俺とメイアも笑《え》みを浮《う》かべ、クレスに感謝の言葉を告げる。

「俺からも礼を言う。これ以上無い開店祝いだよ」

「本当にありがとうございます、クレスさん。夜になったらさっそく飾《かざ》らせていただきますね」

そうして《銀の林檎亭》の面々はクレスの持ってきてくれた看板を眺《なが》めていたのだが、先程《さきほど》クレスが放ったある言葉を思い出し、揃《そろ》って顔を上げる。

「えっと……。この看板、王女様が彫ったの？」

「この彫刻、すごくお上手ですよね。まるで職人が手掛《てが》けたような……」

テティとメイアも俺と同じ思いだったのだろう。看板と、得意げに胸を張っているクレスとを交《こう》互《ご》に見比べて目を見開いている。

普段《ふだん》は快活な振る舞《ま》いが目立ち、お転婆という言葉がしっくりとくるクレスの印象から考えると、このように繊細《せんさい》な彫刻を仕立てるというのは正直「意外」だった。

「コホン……。皆様《みなさま》のお気持ちはお察しいたします。が、クレス様は存外多才な方でしてな」

「ちょっとハリム、それどういう意味?」

クレスにじろりと睨《にら》まれるが、ハリムは日頃《ひごろ》の仕返しとばかりに肩《かた》をすくめてみせる。

「でも、本当に上手だね。王女様の彫刻。すっごく意外」

「ですね。クレスさんがこのような才をお持ちだったとは、正直驚《おどろ》きです」

「ああ。普段の姿からはとても想像できないな」

「もうっ！　皆《みな》さんまで！」

辛辣《しんらつ》な言葉を並べられ、クレスが顔を赤くして叫《さけ》ぶ。

そんな反応がまた面白《おもしろ》くて、俺たちは声を上げて笑うのだった。

# 3章　魔晶石

「き、ききき、貴様ら！　何者だ⁉」

ある日、ルーンガイアの城下町にて。

俺《おれ》、メイア、テティの三人はある執行《しっこう》対象の屋敷《やしき》を訪《おとず》れていた。

ルーンガイアに拠点《きょてん》を移して五件目の依頼《いらい》を遂行《すいこう》するためである。

今、俺たちがいるのは屋敷の主《あるじ》がいる部屋だ。

その部屋には、高級だとひと目で分かる調度品がいくつも並べられており、いつぞや執行した成金趣味《しゅみ》の商会長がいた商館を思い起こさせる。

「お前だな。オディ・スタロースというあくどい商売をしている画商は」

「あくどい……？　な、何のことだ⁉」

「高級な絵画の贋作《がんさく》を用意して、大層な高値で売りつけているそうじゃないか」

俺が問いかけると、オディと呼ばれた男が目を逸《そ》らす。

まったく、分かりやすい奴《やつ》だ。

「フンッ、知らんな。私が贋作を売りつけたという証拠《しょうこ》でもあるのか？」

「……メイア。アレを出してくれ」

「はい、アデル様」

メイアが肩《かた》に抱《かか》えていたモノを下ろし、被《かぶ》せてあった布を取り払《はら》う。

「あ……」

声を漏《も》らしたオディの目の前に現れたのは、額縁《がくぶち》にはめられた一枚の絵画だった。

そこには妙齢《みようれい》の女性が描《えが》かれ、涙《なみだ》を流す様子が描かれている。

「あの絵の名前、画商のアンタなら知っているだろう？　答えてみろ」

「《アディ・クロイツの涙》という絵だが？」

「そうだよな？　《アディ・クロイツの涙》――。かつて隣国《りんごく》の国王、シャルル・ヴァンダールが横流ししたとされる品だ」

「貴様、それをどこで……」

「ん？　お前の屋敷の地下で見つけたよ」

「そんな……。あそこには四六時中、見張りを立たせておいたのに、何故《なぜ》……」

オディがブツブツと独り言を呟《つぶや》いているが、その答えは簡単だ。

メイアが《気配遮断《しやだん》》のジョブスキルを使用して見張りの目を盗《ぬす》み、取ってきてくれただけである。

「で、だ……。この絵はこの世界に一枚しか残っていないと言われている絵なのは知っていると思う。となると、変なことがあるんだよな」

「……」

「お前からあの絵を最近買ったという人物がいるんだよ。おかしいよな？　世界に一枚しか無いはずの絵が二枚もあるってことになるんだから」

「私が本物を手元に置いて、贋作を売りつけたとでも言うつもりか！　いきなり屋敷にやって来て、失礼にも程《ほど》があるだろう！　そもそも、私がその男に絵を売ったという証拠がどこにある⁉」

「おや？　俺は絵を買ったのが『男』だとは一言も言っていないんだがな」

「あ……」

オディが分かりやすく、しまったという顔をする。嘘《うそ》や隠《かく》し事をしている者は口数が増えるものだ。

「し、知らん！　私は知らんぞ……！」

オディは狼狽《ろうばい》して頭を振《ふ》る。この期《ご》に及《およ》んで白を切るつもりらしい。

——仕方ないな。

俺が強制的に自白させるかと、ある魔獣《まじゅう》を喚《よ》び出そうとした時だった。

「ねえ、アナタ」

テティが俺とオディの間に割って入る。

俺はジョブスキルを使用するべく挙げかけていた手を止め、成り行きを見守ることにした。

「な……。獣人族の、子供……？」

「アナタ、本当は悪いことだって、自分でも気づいているんじゃないの？」

「え……」

「わたしたち獣人族の里には古くからの教えがあるの」

「お、教え……？」

「うん」

テティは無垢《むく》な赤い瞳《ひとみ》をオディに向け、言葉を続けた。

「『どれだけ巧妙《こうみよう》な嘘をつき、たとえ万人の目を欺《あざむ》こうとも、それが真実だと知る人間がこの世界にはたった一人いることを忘れてはならない』っていう言葉なんだ」

「……」

「この意味、分かると思うんだけど」

「…………」

オディはそれ以上テティの目を見ていられなくなったらしい。肩を落とし、何かを考え込《こ》んでいるようだった。

――獣人族は誠実かつ真面目《まじめ》な種族、か。

そんな噂《うわさ》の理由が、何となく分かった気がした。


「へー、なるほど。そりゃテティも大活躍《かつやく》だったッスねえ」

いつもの如《ごと》くカウンター上であぐらをかいたフランが感心したように呟く。

今回の執行で起きたことを伝えた後のことである。

あの後、オディは贋作を売りつけたことを自白し、買い主に本物の絵を渡《わた》してほしいと申し出た。

俺たちがオディから本物の《アディ・クロイツの涙》を預かり、依頼者《いらいしゃ》の元へと届けた後。《銀《ぎん》の林檎亭《りんごてい》》に戻《もど》ると、今回も様々な情報を提供してくれたフランが褒美《ほうび》の食事を求めて待っていたというわけである。

「本当に、テティちゃんのおかげで助かりました」

メイアが心底安堵《あんど》した様子で呟く。

依頼者の元に無事、本物の絵が渡ったということもあるだろう。しかしそれよりも、メイアにとっては見た目が苦手な嘘喰い《ヘルワーム》の魔獣を、目の当《ま》たりにしなくて済んだことの方が大きそうだ。

「アデルが事前に執行係数を測った時、そんなに高くないって言ってたから、分かってくれるんじゃないかなって」

「ああ。よくやってくれたよ、テティ」

俺が頭を撫《な》でるとテティは嬉《うれ》しそうに尻尾《しっぽ》を振っていた。


「しっかし、出てこないッスねえ、あの石の情報」

メイアが出した食事を平らげた後、フランがお腹《なか》を擦《さす》りながら呟く。

あの石、というのは俺が先日、シシリーから受け取った謎《なぞ》の黒い石のことである。

《救済の使徒》以外にもルーンガイアに潜《ひそ》む悪はいるというシシリーが残していった言葉も気になったし、フランに調べてもらっているのだが……。

今のところめぼしい情報は見つかっていないらしい。

「その石ってアデルさんが握《にぎ》ったときだけ光るんでしょ？　明らかに普通《ふつう》の石じゃないとは思うん

ッスけど」

「ああ、そうだな。石を渡してきたシシリー曰《いわ》く『資格』があるとか言っていたが」

シシリーが渡してきた黒い石は、メイアやテティが持っても反応することはなかった。俺が持つ時だけ光るのだが、その理由も謎である。

――資格、か……。ということは、この石も聖剣《せいけん》なんかと同じように、古代の遺物なのか？

俺は思考を巡《めぐ》らせるが、現時点では確かめようが無く、答えも出そうに無い。

「まあ、今フランには捕《と》らえた《救済の使徒》の連中から記憶《きおく》を読み取ってもらうのが先決かもな。俺の方も依頼をこなしながら引っかかる情報が出てくるのを待つよ」

「そうッスね。その件についてはまた新情報があったらお伝えするッスよ」

フランはそう言って、王宮に戻ることにしたようだ。

俺たちはフランを見送って、次に入っている依頼遂行のための準備に取りかかることにする。

＊＊＊

魔族《まぞく》であるシシリーから渡された謎の黒い石。

その正体が判明したのは、それから三日後のことだった。

「なるほど。つまりその宝剣を取り返してほしいと」

「はい……」

夜──。

俺は《銀の林檎亭》を訪れた依頼者の男性と向かい合って座《すわ》っていた。

「お願いします！　あれは死んだ兄が俺に託《たく》してくれた形見なんです。奴らに仕返しをしてくれとは言いません。どうか、あの宝剣だけでも戻ってきてほしい。それだけなんです……」

俺の前に座っている男性は必死の様子で思いを口にしている。

今回の依頼は盗まれた宝剣を取り戻してほしいというものだった。

男性の話を整理すると、この男性は夜の街を歩いていたところ、何者かに剣を盗まれてしまったとのこと。何か暴行を加えられたなどではなく、気づいたら手にしていた剣がなくなっていたらしい。

「概《おおむ》ねの事情は分かった。しかし、一つ確認《かくにん》しておきたいことがあるんだが」

「は、はい……」

「君は気づいたら剣を失っていたと言ったが、なぜ盗まれたと思ったんだ？」

「実は、剣を失う前に子供と出会ったんです」

「子供？」

俺の問いに、隣《となり》に控《ひか》えていたメイアが「ああ」と声を漏らす。

「そういえば、街の人から聞きましたね。最近、ルーンガイアの城下町では妙《みょう》な噂が立っているんだとか」

「へぇ。どんな噂なんだ？」

「夜にフードを被った子供と出くわすと、いつの間にか金目のものが子供の手に渡っているんだとか。あくまで噂なんですが」

「ふむ」

メイアと俺のやり取りに、依頼者の男性はうなだれながら言葉を絞《しぼ》り出した。

「オレの時も同じでした。フードを被った子供が目の前に立っていて、急に視界が暗くなったんです。次に目を開けて見た光景は、子供が足早に去っていくところでした」

「なるほど。そして君は宝剣を失っていることに気づいた、と」

「はい……」

急に視界が暗くなって、手にしていたはずのものが盗まれた、か……。

「ねえアデル。それって……」

「ああ、テティの考えている通りだ。恐《おそ》らく何かのジョブを使用したんだろう」

ジョブを使用した盗難《とうなん》事件と言うと珍《めずら》しくはないのだが、子供というのが引っかかるな。手段というよりも、何故そんなことをするのかが気にかかるところだ。

幼い子供が一人でそんな大胆《だいたん》な行為《こうい》に及ぶかと考えると疑問は残る。

俺はしばし考え込むが、その子供と直接会って確かめればいいかと、単純な思考で締《し》めくくった。

「分かった。とりあえずこの依頼は請《う》け負おう」

「ほ、本当ですか⁉　ありがとうございます！」

依頼者の男性に頷《うなず》き、俺は準備に取りかかることにした。

「でもアデル、どうするの？　依頼者の人からは特に目立った匂《にお》いがしなかったし、わたしの鼻でも追跡《ついせき》できなそうだよ？」

依頼者の男性と別れ、執行用の黒衣に袖《そで》を通しているとテティがそんなことを問いかけてきた。

「メイアの話によれば噂になってるくらいだからな。それなら、囮《おとり》を用意すれば向こうからやって来るだろう」

「囮……？　あ、なるほど」

諸々《もろもろ》の情報を整理したところ、盗《ぬす》っ人《と》の子供は夜、日付が変わるくらいの時間になると現れるらしい。ならばその時間帯に一人で歩いていれば出くわす公算も高いはずだ。

しかし、そんな思考を巡らせていた俺に、テティが意外な一言を放ってきた。

「なら、わたしが囮になる」

「え？」

「だって、アデルよりもわたしの方がひ弱《よわ》に見えるでしょ？　その方が相手も襲《おそ》ってくるかなって」

「いや、それはそうかもしれないが……」

「それに、アデルは気配隠匿《いんとく》の効果を持つ黒衣を着て、メイアも《気配遮断》のジョブスキルを使える。それなら二人はすぐそばで待機できると思うし、わたしが荷物を持って歩いていれば、きっと犯人も現れると思うよ」

　テティがしっかりとした口調で作戦を並べていく。幼い見た目に反してテティは時折大人びた考えを口にすることがある。

　確かにこれまでの話を聞いても物理的な害を受けたという例は聞かないし、テティもいざとなれば強力なジョブを使える。そこまで危険は無いと思うのだが……。

　メイアに視線を送ると、微笑《びしょう》を浮《う》かべて頷いた。「ここはテティちゃんの言う通りにしましょう」とでも言うかのようだ。

「大丈夫《だいじょうぶ》。わたしだって役に立つよ」

「……分かった。但《ただ》し、無茶はするな。俺とメイアも近くにいるし、いざとなったらテティもジョブの力を使うんだぞ」

「うん！」

　俺がしぶしぶ承諾《しょうだく》すると、テティは嬉しそうに尻尾を振っている。

　そんな様子を見ながら隣にいたメイアが一言。

「ふふ。まるで初めてのお使いを見守るお父さんのようですね、アデル様」

　そんなことを言ったのだった。

＊＊＊

　夜の通りに移動して。

俺は離《はな》れた所から夜道を歩くテティを見守っていた。テティは大きめの麻袋《あさぶくろ》を抱え、その中身を揺《ゆ》らしながら一人で歩いている。

俺の隣にはジョブスキルを使用して気配を断ったメイアも控えていた。

「今のところ、それらしい奴はいないな」

どこか落ち着かず、テティを遠巻きに見守っていたところ。

「ふふ」

メイアが声を潜めて笑っていた。

「どうした？　何かおかしいことでもあったか？」

「いえ、やっぱりアデル様が自分の娘《むすめ》を見守るお父さんのようで」

「そんな風に見えるのか……」

「はっ。テティちゃんが子供でアデル様がお父さんなら、わ、私はお母さんってことに？」

「いや、何を言ってるんだ、メイア」

俺のすぐ近くで何やら妄想《もうそう》しているメイアを見て溜息《ためいき》を漏らす。

まったく、緊張《きんちょう》感が無いなとテティに視線を移した時だった。

「む……」

テティが細い路地を歩いていたところ、フードを被った小さな人影《ひとかげ》が姿を現す。

――あれが例の窃盗犯《せっとうはん》か？

「おい、メイア」

「アデル様がお父さんで、私がお母さん……。ふふ、うふふふ」

「しっかりしろ、メイア」

「……え？　あ、す、すみません！」

肩をガクガクと揺すったところ、メイアが慌《あわ》てて反応した。

メイアが仕事の最中に気を取られるのは珍しいなと思いつつ、今はテティの目の前に現れた人物に注意を向ける。

フードを被っているのと、中性的な顔立ちのため性別までは分からないが、背丈《せたけ》はテティと同じくらいだ。どうやら本当に子供らしい。

「どうします？　すぐに捕らえますか、アデル様」

「いや、手筈《てはず》通りにいこう。確かめたいこともあるしな」

「そうでしたね。では、アデル様にお任せします」

調子を取り戻したメイアの言葉に答えつつ、俺はフードを被った子供に気づかれないよう手を突っき出す。

＝＝＝＝＝＝＝＝＝＝＝＝＝＝＝＝＝＝＝＝＝
対象：リック・ゴルドー
執行係数：52ポイント
＝＝＝＝＝＝＝＝＝＝＝＝＝＝＝＝＝＝＝＝＝

「……」

やはりというべきか、その子供の執行係数を計測したところ、低い数値が表示されていた。

「いかがですか？　アデル様」

「ああ。予想通り、というところか」

かつて孤児院《こじいん》の子供たちのために盗みを働いていたレイシャと同じだ。行っていることの割には執行係数が高くない。

――ワケあり、ということなのだろうが、その理由が気になるな。やはり、あの子供の背景を知る必要がありそうだ。

俺は浮かんだ疑問を一旦脇《いったんわき》に置き、続けて目の前に青白い文字列を表示させた。

＝＝＝＝＝＝＝＝＝＝＝＝＝＝＝＝＝＝＝＝＝＝

累計《るいけい》執行係数：３６３８５６１ポイント

執行係数５０００ポイントを消費し、《魔獣召喚《しょうかん》》を実行しますか？

＝＝＝＝＝＝＝＝＝＝＝＝＝＝＝＝＝＝＝＝＝＝

承諾――。

「魔獣召喚、ブラッドスパイダー」

俺が小さく呟くと傍《かたわ》らに大蜘蛛《おおぐも》が現れる。

「魔糸」という特殊《とくしゅ》な糸を吐《は》き出し、人を拘束《こうそく》したりすることのできる魔獣だ。

——下衆野郎《げすやろう》が使っていた方法であまり気乗りはしないがな。

俺は嘆息《たんそく》しつつもブラッドスパイダーに「ある命令」を出し、再びテティと相対する子供へと視線を向けた。

「……」

「どうしたの？　わたしに何か用？」

テティが目の前に立ちはだかった子供に声をかける。が、相手は沈黙《ちんもく》を守ったままだ。フードの奥《おく》に浮かぶ琥珀色《こはくいろ》の瞳も特段の変化を見せない。

不思議と強い意志を感じさせられる目だなと、俺がそんな印象を抱《いだ》いたところ、その子供は前方に向けて腕《うで》を突き出した。

「……あれは？」

子供の手に握られたものを見て、俺は思わず声を漏らす。

その手には黒ずんだ石が握られていたのだ。

「《魔晶石》、解放——」

「これは……」

突如《とつじょ》、辺りの空間が黒く染まる。

「アデル様っ」

隣にいるメイアが咄嗟《とっさ》に反応したのだろう。手を握られる感覚があって、メイアの体温を感じる。そのおかげで視覚以外の感覚は失っていないことが分かった。

――これがあの子供のジョブスキルか？　いや……。

窃盗犯のジョブについては依頼者の話から色々と予想していたが、石を媒介《ばいかい》とするジョブというのは聞いたことがない。

それに、子供が手にしていたのはシシリーに渡された黒い石と似ていた。

――いや、今は石のことよりもこの現象をどうにかする方が先だな。

はっきりしているのは、あの子供が使ったのは周囲の人間の視覚を奪《うば》う能力だということだ。恐らく、この能力を使った上で盗みを働いていたということなのだろう。

――やっぱり、あらかじめ準備しておいてよかったな。

まずは状況《じょうきょう》を打破しようと考えて、俺は待機させていたブラッドスパイダーに「糸を手繰《たぐ》れ」と命じる。

「う、あっ！」

短い悲鳴の後、辺りを覆《おお》っていた暗闇《くらやみ》が晴れた。

テティの前にいた子供が転倒《てんとう》し、握っていた黒い石を取り落としている。

子供はそこで俺の姿に気づいたらしく、俺を一瞥《いちべつ》するとすぐに立ち上がった。

「くそっ！」

子供にとっては予想外だっただろう。地面に落ちていた黒い石を拾って俺たちとは反対の方へと逃《に》げていった。

俺はそれを追うようなことはせずに、ゆっくりとテティの元へと歩み寄る。

「不可解な出来事に遭遇《そうぐう》した時は退くか。中々賢明《けんめい》に見えるが、誰《だれ》かに教えられでもしたのかな?」

「今の、アデルがやったの?」

俺が頭に手をのせると、テティが振り返りながら尋《たず》ねてきた。

「ああ。事前にブラッドスパイダーに命じて、あの子供の足元に魔糸を張り巡らせておいたんだ」

「ブラッドスパイダーの魔糸はアデル様の黒衣にも使われている素材ですからね。気配隠匿の効果を活《い》かして、見えないように忍《しの》ばせておいたアデル様の勝ちです」

「別に勝ち負けじゃないけどな」

後からメイアも寄ってきて、テティは感心したように何度か頷いている。

そして、テティは獣耳《けものみみ》をピクピクと動かしながら、子供の逃げていった路地の方を見やった。

「でも、追わなくて良かったの? あの子、逃げていっちゃったけど。一瞬《いっしゅん》のことで確かめられてないから、わたしも匂いで追えそうにないよ?」

「ああ、それについては問題ない」

「……?」

「さっきメイアが言った通りさ。ブラッドスパイダーの魔糸には気配隠匿の効果がある。だから、あの子供の持っていた石に糸を巻き付けておいた」

「なるほど。じゃあその糸を辿《たど》っていけば……」

「ああ。あの子を追うことができるってわけだ」

「おー」

テティが今度はポンっと手を叩《たた》いて納得《なっとく》する。

あの子の執行係数を見るに、単なる利己的な理由で盗みを働いているわけではなさそうだ。今はその理由は見えないが、後を追いかければ分かるはず。

「──さて、どんな事情があるやら」

俺は懐《ふところ》から取り出した林檎を齧《かじ》りながら呟いた。

＊＊＊

「おう、リック。遅《おそ》かったじゃねえか」

ルーンガイアの外れ、とある場所にて。

三回と四回に分けてノックの音が響《ひび》いた後、あまり品格が良いとは言えない笑《え》みを浮かべた禿頭《とくとう》の男がフードを被った少年を出迎《でむか》える。

リックと呼ばれた少年はフードを取り、建物の中へと足を踏《ふ》み入れた。

「今日の分は持ってきたか？」

「ああ」

リックは奥のソファーに腰掛《こしか》けた長髪《ちょうはつ》の大男の前まで歩き、手にしていた金品をテーブルの上にばらまく。指輪や銀貨、金貨などの硬貨《こうか》が散らばり、長髪の大男が口の端《はし》を上げてそれらの金品を確認した。

「何だ？　今日はいつもより少ねえな」

「……少し、しくじった」

少し間を置いてリックが答えると、長髪の大男は眉《まゆ》をひそめる。

「何があった？」

「……」

「はぁ……。リックよぅ。勘違《かんちが》いしねぇように言っておくが、お前にあの《魔晶石》を預けたのは、あくまでビジネスのためであって善意じゃねえんだ。お前が反抗《はんこう》的な態度を取るようだったら俺はいつでもやめて良いんだぜ？」

長髪の大男――アベンジオ・デルアンは新興盗賊《とうぞく》団の長《おさ》を務める人物だ。

新興ではありながらも、アベンジオはある力があった。

それが、リックがテティから盗みを働こうとして使用した《魔晶石》という石だ。

「今日、最後の盗みをする時に《魔晶石》を使ったんだ。でも、対処された」

「対処されただと？」

「獣人の子だった。いや……、あの子が何かした感じじゃなかったけど。きっと、近くにいた男の仕業《しわざ》だ」

「詳《くわ》しく聞かせろ」

それまでソファーに仰《の》け反っていたアベンジオが、身を乗り出してリックに迫《せま》る。

リックはそれに応じ、先程の出来事について詳細《しょうさい》を話し始めた。

「――なるほどな。黒衣を着た男か」

リックからの話を一通り聞いた後、アベンジオは葉巻を取り出して火を点《つ》ける。

そして白い煙《けむり》を吐き出した後でリックへと再び声をかけた。

「リックに預けた《魔晶石》に対応するとは。その男、只者《ただもの》じゃねえな」

「……」

「尾行《びこう》は？」

「それはない。アンタから教わった通り、何度も確認した」

「フン、ならいいさ。その男も憲兵団とかじゃねえようだしな。物好きでもねえ限り追ってはこねえだろう」

アベンジオがニヤリと笑い、テーブルの上に散らばっていた金品を集め始める。

「俺としては金が入ってくれれば文句は言わねえよ」

「アベンジオ。これであといくらだ？」

「金貨に換算《かんざん》してあと五百ってところだな」

「そうか……」

「そう暗い顔するな。その《魔晶石》があればすぐにでも稼《かせ》げるさ」

言って、アベンジオはリックが持っている石を指差した。

「俺はその《魔晶石》を貸し出し、お前はそれを利用して俺たちに金を落とす。良い関係じゃねえか。なぁ？」

「オレは……、母さんを助けたいだけだ。オレのことを救ってくれた母さんを助けるための……。金が目的のアンタらとは違う」

リックが言い放った言葉に、その場にいたアベンジオ以外の盗賊団員が一斉《いっせい》に色めき立つ。が、アベンジオは手を上げただけでそれを制した。

「いいさ。さっきも言った通り、俺は金が入ってくれれば文句はねえよ」

「……」

「但し、金が無ければお前の母親を助ける『薬』は手に入らねえぞ。金の切れ目は何とやらだ」

「そんなこと、言われるまでもない」

「それが分かってりゃいい」

アベンジオはそれだけを告げて、建物を出ていこうとするリックを見送った。

「お頭《かしら》、あんなガキに言わせといて良いんですかい？」

リックが出ていった後で、団員の一人がアベンジオに抗議《こうぎ》する。

「構わねえさ。アイツは《魔晶石》に適合する貴重な人間なんだ。たとえガキだろうと、使わねえのは損だろう？」

「はぁ。お頭《かしら》は懐が深いというか、人が良いというか」

「ハハハッ！　よせよ、俺が良い人なわけねえだろ」

団員の言葉を一笑に付し、アベンジオは吸っていた葉巻をもみ消した。

「病気の母親を救う薬を手に入れるため、盗みに手を染める子供。何とも健気《けなげ》な話じゃねえか」

アベンジオはテーブルの上に置いてあった酒器を呷《あお》り、言葉を続ける。

「それが叶《かな》わぬ願いだとも知らずに、な……。ハハハハッ！」

「クックック、やっぱりお頭は人が悪い。いや、その悪党っぷりに惚《ほ》れ惚《ぼ》れしますよ」

「お前たちも覚えておけよ。目の前に希望をぶら下げれば人は簡単に操《あやつ》れるってことをな。ま、あんなガキ、誑《たぶら》かすのは容易《たやす》いって――」

不意に言葉を切って、アベンジオはリックが出ていった扉《とびら》に目を向けた。

扉からは風が吹《ふ》き込んできて、アベンジオは怪訝《けげん》な顔を向ける。確かさっき、団員がリックを見送った時に扉は閉めていたはずだが、と周囲を警戒《けいかい》するが、何の気配も感じることができなかったため、杞憂《きゆう》だろうという結論に達した。

「おい。扉、ちゃんと閉めとけよ」

「あ、はい。すみません」

団員が指示を受けて、パタンと扉が閉められる。

――その音を背後で聞いて、給仕《きゅうじ》服を身に纏《まと》った銀髪《ぎんぱつ》の少女が息をついた。

少女はそのまま歩を進め、盗賊団の拠点を後にする。

（はぁ……。概ねの事情は分かりましたが、これはまたアデル様の嫌《きら》いな理不尽《りふじん》な匂いがしますね）

胸の内でそう呟いたのは、《気配遮断》のジョブスキルを使って一部始終を観察していたメイアだった。

＊＊＊

「――ということみたいです、アデル様」

「なるほどな」

ジョブスキルを使って盗賊団の拠点に忍び込んでいたメイアが戻ってきて。

俺はメイアから事の顛末《てんまつ》の報告を受けていた。

「情報は断片《だんぺん》的だが察するに――」

地面に木の枝で図を描き、一緒《いっしょ》にいたテティにも分かるよう共有していく。

盗賊団の頭領であるアベンジオ、アベンジオから《魔晶石》という石を貸し与《あた》えられているリックと描き込んでいき、それぞれの相関関係が分かるように図示した。

「あのリックという子供は、母親を救う薬を手に入れるため盗みを働いているらしい。その感情をアベンジオという男は利用している。《魔晶石》という道具を貸し与えながら……」

「でもアデル、《魔晶石》ってなんだろうね？　わたしは初めて聞くけど」

「私も聞いたことがありませんが。あのリック君という子供が発動した能力と考えると……」

メイアの言葉に俺は頷き、肯定《こうてい》の意を示す。

「たぶん、メイアの考えている通りだろうな。恐らくあの石は、使用することでジョブスキルのような能力が発動できるんだろう。何故そんな代物《しろもの》をいち盗賊団が保持しているのか、どこからそれを手に入れたのかは不明だが」

そこまで言って、俺は懐にしまっていたあるものの存在を思い出す。

「そういえば……」

俺が懐から取り出したのは黒い石だ。先日、《救済の使徒》のアジトで魔族であるシシリーから渡された意味不明な石である。

「まさか、これも《魔晶石》というやつなのか？」

黒く輝《かがや》くその石は、よく見るとリックが手にしていたものに酷似《こくじ》している。

——だとすれば、この石にも何かしらの能力が封印《ふういん》されているのか？　シシリーは、これを持っていればまた会えるなどと言っていたが。

「いや、今はこの石のことを考察するのは後回しか」

俺はそう呟き、黒い石を懐に戻す。

「いずれにせよ、どうするか……だな」

言って、メイアやテティと顔を見合わせる。

俺の問いは、今回の件で何を重要視するかというものだ。何を一番に解決したいか、と置き換《か》えても良い。

「まずは……」

「そうだね、まずは……」

言いつつ、メイアとテティは俺が描いた図のある一点を見つめている。どうやら二人も俺と同じ考えのようだ。

俺は頷いて、次の行動を決定する。

「よし。リックの後を追おう。そうすればリックの母親の容態《ようだい》も確かめられるだろうからな」

＊＊＊

「あそこだな」

リックに付けたブラッドスパイダーの魔糸を頼《たよ》りに、俺たちはルーンガイアの某所《ぼうしょ》へとやって来ていた。

魔糸の先は、お世辞にも豊かには見えない家屋へと繋《つな》がっており、そこにリックがいることを示している。恐らくはあそこにリックの母親もいるのだろう。

「貧民街《ひんみんがい》か……」

俺は独り言のように呟き、メイアやテティと共にその家の裏手へと回ることにした。

「ごめんねアデル。わたし、二人みたいに気配を消すのが得意じゃないから」

テティが俺の体に密着した状態で申し訳無さそうに耳を垂らす。

自分で気配を隠せるジョブスキルを持ったメイアは問題ないが、テティはそのままだと姿を認識される恐れがある。そのため、今は俺が身に着けた外套《マント》に包まるような形を取っていた。

気配隠匿の効果を持ったこの黒衣の内側にいれば問題ないだろう。

「あ、アデル様。私もその……、一緒に入った方がよろしいでしょうか？」

「……？　いや、メイアは自分のジョブスキルがあるから問題ないだろ」

「い、いえ、でもほら、万が一ということもありますし」

盗賊団の拠点に侵入《しんにゅう》して気づかれないほどのジョブスキルなのに、何を心配しているのか。

そんなことを考えたが、確かに会話するにしても声を潜める必要があるだろうし、近くにいた方が都合良いかもしれないと思い直す。

「分かったよ。ほら」

「あ……。それでは、失礼します」

自分で言い出したことなのに、メイアはしおらしくなりながら俺の懐に潜《もぐ》り込んできた。

──正直、二人に密着されると少し暑いな。

俺が服の首元を少し緩《ゆる》めると、何故かメイアがごくりと喉《のど》を鳴らすのが聞こえる。

「あ、えっと、もっとくっついた方が良いですよね」

「いや、もうじゅうぶ──」

「万が一、万が一があると良くないですから」

「……わ、わたしも」

メイアがさっきより身を寄せてきて、あろうことかその様子を見たテティも続く。

……仕方がない。暑いのは我慢《がまん》しよう。

そうして、三人が一つの外套に身を包むという奇妙《きみよう》な状態のまま、俺たちは裏手の窓から家の内側の様子を窺《うかが》った。

──あれが母親か。

裏手の窓から覗《のぞ》くと、ベッドの上にやつれた女性が一人。見たところ、顔色は良くない。

ひと目見て健康な状態でないことは察しがついたが、俺にはそれよりも気になることがあった。

「アデル、あれ──」

テティが声を潜めて語りかけてくる。俺と同じものを見つけたらしい。

リックの母親と思われるその人物の腕には、黒い痣《あざ》があった。

まるで黒い蛇《へび》に巻き付かれたかのようなそれは、不吉《ふきつ》なものを感じさせる刻印のようだ。俺も記憶を探《さぐ》るが、あのようなものは見たことがない。

「あれは……」

メイアが真剣な表情で呟く。

何か知っているのかと問いかけようとしたところ、部屋の扉が静かに開く音がした。

「母さん。ご飯、作ってきたよ」

そこに現れたのはリックだ。

平らな容器の上に食器を載《の》せ、それを母親の枕元《まくらもと》に置く。どうやら食事を持ってきたらしい。

「う、ん……。ああ、リックかい……」

「あ、いい、無理しなくて」

リックが止めようとしたが、母親はゆっくりと体を起こし、リックに向けて微笑《ほほえ》みかける。

「大丈夫だよ。今日は体の調子が良いからね」

母親の言ったその言葉が嘘であることは、誰の目にも明らかだった。

きっと、食事を作ってきてくれた息子《むすこ》を心配させまいと起こした行動だったのだろう。痛々《いたいた》しく手は震《ふる》え、それでも母親はリックに向けた微笑みを崩《くず》すことはしなかった。

リックはその姿を見て唇《くちびる》をぎゅっと噛《か》み締めていたが、すぐに食器を持ち上げて中身の粥《かゆ》を母親に食べさせていく。

「ありがとうね、リック。とても美味《おい》しかったよ」

「ううん。母さんには早く良くなってもらいたいからね。このくらいのこと、わけないよ」

そう言って、リックもまた母親に向けて笑みを浮かべる。それもまた、痛々しかった。

テティと相対していた時の殺気立った様子とは随分《ずいぶん》と異なる。きっと、これがリックの素《す》の姿なのだろう。

「あ、そうだ。母さん」

「何だい、リック?」

「もう少しでね、母さんの病気を治す薬が手に入りそうなんだ。だから、それまで辛《つら》いだろうけど、我慢しててね。きっとオレが母さんの病気を治してみせるから」

その言葉の後、俺の服を掴《つか》んでいたメイアの手に力が込められるのが分かった。

「メイア、あの母親の病気、何か心当たりがあるのか？」

リックと母親が眠《ねむ》りについたのを確認してから、俺は建物から離れた場所でメイアに問いかける。

先程の様子を見るに、メイアはあの母親の病気について何かを知っている様子だった。

メイアが俯《うつむ》いたままで口を開く。

「あれは……、『アストラピアスの呪《のろ》い』です」

「アストラピアス？」

俺の言葉にメイアは首を縦に振る。

「アストラピアスは、かつて魔族が重用していたとされる蛇です。極《きわ》めて珍種《ちんしゅ》ですが今でも生息していて、その身を切って食べさせると万病を治癒《ちゆ》する手段となります」

初めて聞く話だった。

テティも同じだったのか、メイアが淡々《たんたん》と語る内容を黙《だま》って聞いている。

「なるほど。万病に効く蛇、か……。でも、それが呪いというのは？」

「……アストラピアスの身を病人に食べさせれば、確かにその者は快復します。それはどんな薬草などよりも効果があるとされてきました。ただ……」

「ただ？」

「ただ、アストラピアスの身を切った者には呪いがかかるんです」

「呪い……。まさかそれがあの母親の……」

俺の問いにメイアはただ頷く。

いつものメイアとは明らかに異なる様子だった。

「でも、どうしてメイアがそんな話を？」

「私の、お母様が同じ呪いにかかっていたからです。それで、調べました」

「そうか……」

メイアが幼い頃《ころ》に母親を亡《な》くした話は以前聞いたことがある。その母親の生前の言葉がメイアの価値観に大きく影響《えいきよう》を与えたことも。

けれど、母親の死因について聞いたのは初めてだった。

「お母様は、私が幼い頃に患《わずら》った病気を治療《ちりよう》するため、アストラピアスの力に頼ったんです。盗賊団の拠点で聞いた話から推測するに、リック君のお母さんも、自分の子供を助けるために……」

「……」

大切な誰かを守るために、か……。

メイアは亡くなった母親と自分、そしてリックとリックの母親を重ね合わせているのかもしれない。青く綺麗《きれい》な瞳を今は細め、さっきまで見ていたリックの家の方を見やっている。

「えと……、メイア。その呪いを消す方法は……」

テティの問いにメイアは首を横に振る。

方法は無い。そういうことなのだろう。

「お母様がかかった呪いを解く方法を見つけるために、私はあらゆる書物を読み漁《あさ》りました。知っている人がいないか、探し歩きました。でも……」

「メイアがそこまでして調べて見つからなかった方法を、あの盗賊団の長が知っている可能性は？」

「それは有り得ないと思います。ましてや、あの頭領はリック君のお母さんを助ける方法について『薬』だと言っていました。現存する薬でアストラピアスの呪いを解くことができるものは、ありません」

その言葉を聞いて、自然ときつく手を握りしめていた。

母親を救いたいというリックの想《おも》いに付け込み、虚《きょ》の希望を見せて利用していると。あのアベンジオという男がやっているのは、そういうことだ。

――外道《げどう》が。

俺はその怒《いか》りを抑《おさ》え、メイアの肩を抱いた。

メイアが自然と身を寄せてきて、涙で俺の黒衣を濡《ぬ》らす。

それから、メイアが落ち着くまでには、少し時間がかかった――。

「す、すみません、アデル様。もう大丈夫です。今はリック君たちのことを解決しないとですからね」

メイアは涙で赤くなった目を隠さずに笑ってみせた。

相変わらず、強いなと、俺は出会った頃のことを思い出す。母親のことを受け入れ、母親から受けた言葉の通りに前を向こうとするその姿勢は、尊敬するものだった。

「でも、どうしようか。あのアベンジオっていう人間が許せないのは分かったけど、このままじゃリックのお母さんは……」

それまでメイアのことを心配して、背中をさすってあげていたテティが呟く。

テティの言う通り、リックを利用するアベンジオのことは許せない。が、俺たちの中には共通して、リックの母親を助けたいという思いが浮かんでいた。

どうすれば良いのか。

その答えが出ずにしばし沈黙が続いていたが、俺は先程の話の「ある部分」を思い出し、メイアに問いかける。

「なあメイア。そのアストラピアスって蛇なんだが、かつて魔族が重用していたと言っていたか？」

「はい。調べた時の文献《ぶんけん》にはそう残っていましたが……」

「……」

「アデル様？」

「何故、魔族は使ったら呪いがかかるものを重用できたんだ？」

俺の発した疑問にメイアとテティが声を漏らす。

「「あ……」」

「もしかして、魔族はアストラピアスの呪いの解呪《かいじゅ》方法を知っていたんじゃないのか？」

俺がその仮説を口にすると、どうやら二人もある人物の名前が浮かんだらしい。

あのシシリーという少女なら、何か解決方法を知っているかもしれない、と。

「でもアデル。シシリーの居場所に心当たりあるの？」

「いや、無い。無いが……」

俺は立てた仮説を希望で辿るようにして、懐に手を忍ばせる。

そして、シシリーから渡された黒い石を取り出した。

――確か、リックが使っていた時は……。

「《魔晶石》、解放――」

黒い石を手にして、俺は記憶にあった言葉を呟いた。

すると突然《とつぜん》、俺の前の地面に黒い穴が開く。それはまるで深淵《しんえん》の沼《ぬま》のようで、俺たちはその光景に見覚えがあった。

「こんばんは、黒衣の執行人サン。何かご用かしら？」

肩より広い魔女帽子《ぼうし》と、その奥で浮かぶ幼い体躯《たいく》に不思議と似合う妖艶《ようえん》な笑み。

そこには魔族の少女、シシリー・グランドールが立っていた。

# ４章　救う者と裁く者

夜──。

貧民街《ひんみんがい》の外れにいた俺《おれ》たちの目の前に現れたのは、魔族《まぞく》の少女、シシリー・グランドールだった。

「し、シシリーさん？」

「あら。驚《おどろ》かれるなんて心外ね、メイドのお嬢《じょう》さん。喚《よ》び出したのは貴方《あなた》たちでしょう？」

シシリーは紫色《むらさきいろ》の瞳《ひとみ》をメイアに向けて、頭の上に載《の》せた魔女帽子《ぼうし》を被《かぶ》り直す。

「喚び出した？　じゃあこの石にはそういう力があったんだな」

「知ってて使ったんじゃないの？　というより、よくその石の使い方が分かったわね」

「使い方を教えてくれなかったのはお前だけどな」

「ふふ、ごめんなさい。元々私が使って貴方を喚び寄せるつもりだったから。あの地下水道の時はちゃんとお話できなかったから、改めてお話をしようと思っていたんだけど、手間が省けたわ」

「……」

ということは、突然《とつぜん》俺がシシリーの元へ転送される可能性もあったわけか。

なかなか衝撃《しょうげき》的なことをさらりと言われた気がするが、それは置いておこう。

「それで？　執行人《しっこうにん》サンはどうしてその石を使ったのかしら？」

「お前に聞きたいことがあったんだ」

「ふぅん。もしかして私に興味を持っちゃった？」

「……」

シシリーはからかい半分……いや、全部かもしれないが、悪戯《いたずら》っぽい笑《え》みを浮《う》かべていた。

しかし俺の反応が希薄《きはく》で面白《おもしろ》みに欠けたのか、すぐに「まあいいわ」と呟《つぶや》き、腰《こし》に手を当てる。

「もう一つ気になっていることがあるんだけど、何で執行人サンはその石の使い方が分かったの？」

「たまたまこの石を使っている人間を見かけたんだ。それで知った」

「《魔晶石》を……？」

「ああ」

「その話、詳《くわ》しく聞かせて」

それまでからかうような口調だったシシリーの声色《こわいろ》が変わる。

――何だ？　シシリーの目つきが変わったような……。

仕方ない。どちらにせよリックの母親のことも話さなければならないし、事情を話すことにするか。

俺はメイア、テティと視線を交《か》わして頷《うなず》き合う。

そして、ここに至るまでの経緯《けいい》をシシリーに伝えることにした。

「――というわけだ」

「なるほど。私を喚び出したのはそういうこと」

話を聞き終えた後で、シシリーは目を細めて呟く。

シシリーは俺が話している最中も黙《だま》って聞いていたのだが、何を考えているのかは分からなかった。

「《魔晶石》についてはその盗賊《とうぞく》団の頭領――アベンジオって言ったかしら？　とにかく、その男が絡《から》んでいるということね」

「ああ。恐《おそ》らくだが」

シシリーは顎《あご》に手を当てて考え込《こ》んでいる。

何を考えているのか気になったが、今はそれよりもリックの母親のことだ。

「それで、俺たちからお前に聞きたいことがある」

「リックという子供の母親が受けたアストラピアスの呪《のろ》い。それを解く方法があるのか、ということね」

「そうだ」

シシリーは初めとは違《ちが》って、真剣《しんけん》な眼差《まなざ》しを俺に向けていた。

「お願いです、シシリーさん。魔族であるシシリーさんなら、アストラピアスの呪いについて何か知っているんじゃないかと思ったんです」

「わたしからも、お願い。リックのお母さんを助けたいんだ」

「はぁ……。メイドのお嬢さんが言った通り、私は魔族なんだけどいいの？　貴方たちだって元いた国でマルク……魔族のせいでかなりの面倒事《めんどうごと》に巻き込まれたんでしょう？」

シシリーはやや呆《あき》れたように言って、俺たちの顔をそれぞれ見やっている。

しかし、シシリーが魔族かどうかは関係ない。今、俺たちに必要なのはリックの母親を助けるための方法と手段なのだから。

それに……。

「俺にとって、お前が魔族だからとかは関係ないからな」

「………」

「頼《たの》む。もしリックの母親を助ける方法を知っているなら教えてほしい」

「本当に、貴方たちはお人好《ひとよ》しね」

シシリーはそう呟くと僅《わず》かに目を細める。それがどこか喜んでいるように見えたのは俺の気のせいだろうか？

シシリーは一つ息をつき、そして語りだす。

「結論から言うと、呪いを解く方法はあるわ。それも、今すぐ実行に移すことは可能よ」

「――っ。それは、どういう……」

俺だけでなく、メイアとテティもシシリーの言葉に食いついた。

シシリーはそれを制するかのように、人差し指だけを上げて俺たちの前にかざす。

「それを教えても良いけど、一つ条件があるわ」

「何だ？」

「その盗賊団の拠点《きょてん》に案内してほしいの」

「盗賊団の拠点に？　何故《なぜ》だ？」

「そのアベンジオという男に、《魔晶石》をどこから手に入れているか聞きたいのよ。私の目的のためにね」

「……」

シシリーが先程《さきほど》顔色を変えたのは俺が《魔晶石》を見たと言った時からだった。

やはりシシリーは《魔晶石》と何かしらの因縁《いんねん》があるのかもしれない。

「一応聞いておくが、お前の目的というのは？」

「それは、盗賊団の拠点に案内してくれた後に」

「……分かった。それについては約束する。俺としても、あの盗賊団の頭領を許しておくことなんてできないからな」

俺の言葉にシシリーははっきりと頷く。

「それで……。リックの母親にかかった呪いはどうやって解けばいい？」

「方法自体は簡単よ。アストラピアスの身は不浄《ふじょう》を浄化《じょうか》する力がある。ならば、呪いにかかった者にアストラピアスの身を食べさせればいいわ。『蛇《じゃ》の道は蛇《へび》』という言葉の語源となったことね」

「しかし、それでは――」

「そうね。新しくアストラピアスの身を切った者が蛇の呪いを受けることになる。それじゃ同じことの繰《く》り返しになるし、結局誰《だれ》かを犠牲《ぎせい》にする悪循環《あくじゅんかん》からは抜《ぬ》けられない」

「……」

「だから、かつて私たち魔族がアストラピアスの身を手に入れる時にはコレを使ったの」

シシリーはそう言って、空中に手をかざした。すると、黒い渦《うず》のようなものが浮かび、シシリーはその中に手を差し入れる。

黒い渦から抜いたシシリーの手に握《にぎ》られていたのは、赤い半透明《はんとうめい》の液体が入った小瓶《こびん》だった。

「この中に入った液体を、身を切る前のアストラピアスに振《ふ》りかければ良い。そうすれば第一段階はクリア」

「第一段階ってことは、次があるのか？」

「ええ。その液体が持つ効果は……呪いの具象化って言うと分かりやすいかもね」

「呪いの具象化……」

「そ。アストラピアスの呪いを形に変えたら、それと戦って打ち破るの。そうすればアストラピアスの身だけを持ち帰ることができるってわけ」

「じゃあ、その赤い液体を使って現れた奴《やつ》を倒《たお》せば良いんだな」

「ふふ。でもその第二段階はそう簡単じゃないわよ。アストラピアスの呪いが具象化した姿は、貴方たち人間の基準で言えば危険度ＳＳ級の魔獣に相当するから。果たして勝てるかしらね」

シシリーはそう言って、赤い液体の入った小瓶を投げて寄越《よこ》す。

「どうするかは貴方たち次第《しだい》。アストラピアスは独特な匂《にお》いを持つから、その獣人《じゅうじん》の子がいれば探すことはできるでしょう。とはいえ、私としては見ず知らずの親子のために危険を冒《おか》さなければならない義務なんて、どこにも無いと思うんだけど」

試《ため》すように言ったシシリーの言葉に反応して、メイアが俺の手から小瓶を掴《つか》み取った。

「そんなの、答えは決まっています」

メイアと顔を見合わせ、テティも決意の籠《こ》もった表情で頷く。

「アデル様は、シシリーさんと一緒《いっしょ》に盗賊団のアジトへ。アストラピアスの方は私たちが引き受けます」

「こっちは任せて、アデル。盗賊団だっていつまでも同じ場所に留《とど》まるとは限らないし」

青と赤の瞳がまっすぐに俺を見つめる。それはまさしく二人の決意表明だった。

リックの母親の容態《ようだい》を考えてもぐずぐずはしていられない。そのことを二人も理解しているのだろう。

「……分かった。俺は、この理《り》不尽《ふじん》を作り出した輩《やから》を執行してくる」

互《たが》いに頷き合い、シシリーからはアストラピアスの呪いと戦う際の注意点が教えられる。

そうして、メイアとテティはアストラピアスの蛇を捜《さが》しに。俺とシシリーはリックを利用していた盗賊団の拠点へと。それぞれの目標を定めて俺たちは別れた。

「とても、いい仲間なのね。羨《うらや》ましいわ」

二人で盗賊団の拠点に向かう途中《とちゅう》、シシリーがそんなことを言った。

＊＊＊

「どうですかテティちゃん。匂い、追えそうですか？」

「うん。リックのお母さんから感じたの、独特な匂いだったから。シシリーに聞いた情報もあるしね」

アデル、シシリーと別行動を取ることになったメイアとテティは宵闇《よいやみ》の中を歩いている。

幸いにも目的とする場所はルーンガイアの国内にあった。恐らくはアストラピアスの群生地なるものがあり、リックの母親もこの場所に足を運んだのかもしれないと、二人は推測していた。

呪いにかかったリックの母親から感じ取った匂い。それを頼《たよ》りに目的となる蛇の所在を追えるテティが先導する形だ。

街道《かいどう》から丘《おか》へ。丘から離《はな》れ、河川を辿《たど》り。

結果的に二人はルーンガイアの外れにある深い森の中へと足を踏《ふ》み入れることになった。

「メイアはさ」

テティが行く手を阻《はば》む草木を掻《か》き分けながら呟く。

「どう思う？　あのシシリーって魔族のこと」

「シシリーさんのこと、ですか？」

「うん。わたし、ヴァンダールの王宮で会ったマルクって魔族からは強い敵意を感じた。他人を犠牲にしてでも自分の目的を叶《かな》えるんだって、それだけを考えているような気がして」

「……はい」

「でも、シシリーからはそんな雰囲気《ふんいき》が感じられない。だから、魔族って何なのかなって」

テティは前の方を見つめたままで言葉を並べた。

恐らく魔族も一枚岩ではないということなのだろうとメイアは思ったが、テティに返す答えとしては相応《ふさわ》しくない気がして、別の答えを返す。

「きっと、私たちと同じなんだと思いますよ」

「同じ?」

テティはそこで歩を止めてメイアの方へと振り返った。

「きっと、千年もの時を生きていれば色んなことを見てきたんでしょうね」

「……」

「でも、根本的な感情……何かに喜んだり、怒《いか》りを感じたり、悲しんだり。もちろんそれは人によって違うものですが、魔族だからとか、人間だからとかで割り切れるものじゃないのかなって思うんです」

メイアが微笑《ほほえ》んで、テティは尻尾《しっぽ》を一振《ひとふ》りする。

そして、テティは無垢《むく》な目を僅かに細め、自分の中である結論に達《たっ》したようだった。

「……わたし、あのシシリーって人のこと、もっと知りたいな」

「そうですね。きっと、アデル様も同じことを考えていると思いますよ」

「アデルも？」

少し予想外なことだったのか、テティの耳がピンと立つ。

そんな純粋《じゅんすい》な反応が可愛《かわい》らしいなとメイアは思った。もっと言えば《銀《ぎん》の林檎亭《りんごてい》》でよくしているように抱《だ》きしめたくなる衝動《しょうどう》に駆《か》られたのだが、今はそういうタイミングじゃないなと、ぐっと気持ちを抑える。

「アデル様は《復讐《ふくしゅう》代行屋》として色んな人たちを見てきました。それこそ、救ってほしいと願う人も、悪いことを考える人も、たくさん」

「うん」

「私も傍《そば》にいて感じたのですが、アデル様って本当に人のことをよく見ているんですよね。それで、自分のことのように背負う強さを持った人だなぁと」

「……確かに」

「私を助けてくれた時もそうです。それで、見て見ぬふりだってできたはずなのに、そんなことは微塵《みじん》も考えなかったようで……。きっと、シシリーさんに対してもそうです。アデル様は真《ま》っ直《す》ぐに向き合おうとしている。そういう真摯《しんし》なところが、とっても魅力《みりょく》的な人だなぁって。私は思うんですよね」

「ふぅん。だからメイアはアデルのことを好きになったんだね」

「て、テティちゃん⁉」

突然放たれた言葉に、メイアは分かりやすく狼狽《ろうばい》する。頬《ほお》は紅潮し、急に上昇《じょうしょう》した体の熱を振り払《はら》うかのようにバタバタと手を振って。

そんなメイアの不審《ふしん》すぎる行動を見て、何かおかしなことを言っただろうかとテティが可愛らしく首を傾《かし》げた。

「あれ、好きなんじゃないの？　アデルのこと」

「そ、そそそ、それはもちろんっ！　でも、改めて言葉にされると焦《あせ》るというか、何というかでして……」

「アデルもそうだけど、メイアも不器用だよね。普段《ふだん》から押してるように見えて肝心《かんじん》なところで引いちゃうというか。何だっけ？　フランが言ってたけど、ヘタレ？」

「フランちゃん……」

今度はメイアが落ち込んで肩《かた》を落とす。そんなメイアにはお構いなしにテティの純粋な言葉が放たれる。

「アデルはお城を追放されてからずっと過酷《かこく》な環境《かんきょう》だったって聞くし、あれだけ恋愛事《れんあいごと》に疎《うと》いのも分かるんだけど。メイアが尻込《しりご》みしてたらずっと気づいてもらえないんじゃない？」

「そ、それは確かに……」

「まぁ、二人で酒場をやってきた時間っていうのも大切だと思うんだけど、何か変化が無いとアデルは気づかないかもね。恋愛事にはびっくりするくらい鈍《にぶ》いし」

随分《ずいぶん》な言いようではあるが、テティの言葉は間違っていない。いや、間違っていないどころか恐ろしく正しい。

そんなテティを、畏怖《いふ》を込めてメイアは見据《みす》えるのだが、当のテティはまたも真っ直ぐな言葉を続ける。

「頑張《がんば》って、メイア。わたしも頑張るし」

「……」

その言葉でメイアは察した。ああ、これは親子なんてとんでもない、と。

深く感嘆《かんたん》し、そして不思議と嬉《うれ》しくもなり、メイアがテティに対して問いかけようとしたその時だった。

「――っ。メイア、近いよ！」

「え？」

突然テティが後ろを振り返り、駆けていく。どうやら風向きが変わったことでアストラピアスの匂いを感じ取り、その所在を把握《はあく》したらしい。

メイアは切り替《か》えるように自分の頬を叩《たた》き、テティの後を追いかけた。

そうして駆けること一分ほど。テティの足が止まって、メイアもそれに合わせて歩調を緩《ゆる》める。

「メイア、あそこ……」

藪《やぶ》に隠《かく》れるようにして身を潜《ひそ》めたテティの一言。

指差した方向を見やると、月明かりに浮かんで白い蛇――アストラピアスが這《は》っていた。

メイアも身を低くして、その蛇を見失わないようにと感覚を研ぎ澄《す》ませる。

「よし、私が行きます」

以前調べた情報によれば、アストラピアスは極《きわ》めて珍《めずら》しいとされる蛇だ。

その姿を見ることもなく生涯《しょうがい》を終える人間が大半で、都市伝説だと囁《ささや》かれるほどの珍種《ちんしゅ》である。

リックの母親のために、絶対に逃《のが》すことなく捕獲《ほかく》してみせるとメイアは決意し、シシリーから受け取った小瓶を慎重《しんちょう》に取り出した。

そして、《気配遮断《しゃだん》》のジョブスキルを使用し、冷静に狙《ねら》いを定める。奇《く》しくもそれは、メイアが暗殺者一族で培《つちか》ってきた素質だった。

「――ッ」

メイアが一呼吸入れた後、アストラピアスに向けて疾駆《しっく》する。

虚《きょ》を衝《つ》いたことで対象に悟《さと》られることなく接近し、素早《すばや》く小瓶の中にあった赤い液体を振りかけた。

「ハッ――！」

スカートの中から短剣《たんけん》を取り出して、一閃《いっせん》――。

その攻撃《こうげき》は的確にアストラピアスを捉《とら》え、両断することに成功した。

「第一段階はクリア。でも、これで終わりじゃないはず」

メイアは呟き、油断なく短剣を構える。

すると、切ったアストラピアスから気体が立ち上り、結集していく。

そこに現れたのは白い大蛇《だいじゃ》だった。

「これが、具象化したアストラピアスの呪い……」

「メイアっ！　わたしも！」

藪からテティが飛び出て、瞬時《しゅんじ》に【神狼《ヴァナルガンド》】のジョブを発動する。銀色に輝《かがや》く光が炎《ほのお》のように揺《ゆ》らめき、小柄《こがら》なテティの体を包み込んでいく。

――フシュルルルル。

そうして立ちはだかった二人を敵と定めたのか、白い大蛇は舌を伸《の》ばしながら威嚇《いかく》してみせた。

「テティちゃん、気をつけて。この圧、ヴァンダール王宮で戦った時のブラックドラゴンと同じかそれ以上です」

メイアは短剣を交差させて、腰を落とす。

そして地面を蹴《け》って加速し、蛇の喉元《のどもと》めがけて横薙《な》ぎの一撃を見舞《みま》った。

――フシュル！

アストラピアスは身を捩《ねじ》るようにしてその攻撃を躱《かわ》し、そのままメイアに向けて尾撃《びげき》を放つ。

「くっ！」

メイアもまたその攻撃を回避《かいひ》して距離《きょり》を取るが、腕《うで》を掠《かす》めたアストラピアスの攻撃は直撃した時のことを想像したくないくらいに鋭《するど》い一撃である。

「《気配遮断》の能力を使っているのに、対応されている……。やっぱり、シシリーさんの言った通りみたいですね」

先程の別れ際《ぎわ》、シシリーはメイアとテティにアストラピアスと戦う際の注意点について語っていた。

曰《いわ》く、アストラピアスという蛇は「舌」が他の生物よりも異常に発達していて、様々な情報を感じ取れるらしい。微細《びさい》な空気の振動《しんどう》や匂いの変化から周囲にいる者の居場所を感知し、反応できるのだとか。

「なら、わたしが注意を惹《ひ》きつける」

今度はテティが跳躍《ちようやく》し、勢い任せに一撃を叩き込もうとする。

銀の光を纏《まと》ったその攻撃は、確かな威力《いりよく》を持っていた。が、アストラピアスはテティの攻撃をぬるりとすり抜け、空中で体勢を崩《くず》したテティを自身の長い体で締《し》め付ける。

「く、あっ……」

「テティちゃん！」

メイアが救出に向かおうとするが、アストラピアスは余った尾《お》を振り払うかのように牽制《けんせい》し、寄せ付けまいと妨害《ぼうがい》した。

――シュルルルル。

アストラピアスはそのままテティの体を締め上げていく。テティは苦悶《くもん》の表情を浮かべながらも、抵抗《ていこう》し、強引《ごういん》に振りほどこうと試みた。

「こ、の……お！」

圧倒《あつとう》的な体格差ではあったが、流石《さすが》にテティも特別なジョブの持ち主だ。アストラピアスの巻き付きを広げ、その窮地《きゆうち》を脱《だつ》することに成功した。

「大丈夫《だいじようぶ》ですか、テティちゃん⁉」

「う、ん。でもすごい力……。次に掴まれたら同じようにほどけないかも」

アデルがいれば、とは二人とも口にしない。

アストラピアスの脅威《きょうい》が危険度ＳＳ級の魔獣に相当するというシシリーの言葉を聞いてもなお、アデルは二人の決意を見て疑いもせずに送り出してくれたのだ。その想《おも》いを信じられなくて、何を信じると言えよう。

メイアとテティはそう心に決めて、再び白い大蛇と対峙《たいじ》する。

「テティちゃん、少しだけ時間を稼《かせ》いでくれますか？」

「え？」

メイアは言いつつ、頭に着けたカチューシャを取り外した。そして、そのカチューシャから何かを引き抜くと、それを両手で伸ばし、ピンと一直線に張る。

それはメイアの髪色《かみいろ》のように輝く鉄線だった。

メイアが鉄線を手に巻き付ける様子を見ながら、テティは頷く。

「分かった。任せるよ、メイア」

そう言い残してテティは単身、巨大《きょだい》な白蛇に立ち向かった。

両者の攻防《こうぼう》が繰り返される最中、メイアは木々の間を走り回り鉄線を張り巡《めぐ》らせていく。そうして、テティとアストラピアスを取り囲むようにして張られたのは、鉄線の檻《おり》である。

——フシュル⁉

テティの攻撃を回避し、距離を取ろうとしたアストラピアスが悲鳴を上げた。メイアの張った鉄線に触《ふ》れて、その身からは赤い鮮血《せんけつ》が噴《ふ》き出したのだ。

「そちらには、行けませんよ」

いつの間にか接近したメイアに短剣を振られ、アストラピアスは鉄線で囲まれた檻の隅《すみ》へと追いやられた。

「テティちゃん、今です！」

メイアの叫《さけ》びに呼応するかのように、テティが再び跳躍する。

そのまま、逃《に》げ場を無くした大蛇の頭上から、テティは渾身《こんしん》の一撃を放った。

「これで、終わりだよっ！」

――ヒシュッ⁉

まるで大鎚《おおつち》に潰《つぶ》されるかのように、大蛇は地面へとめり込む。

そしてアストラピアスは長い体をピクピクと痙攣《けいれん》させた後、完全に沈黙《ちんもく》して動かなくなった。

「やった！　やりました、テティちゃん！」

「うんっ！」

駆け寄ってきたメイアにテティも手を上げて応じる。

そうして二人は見事、アストラピアスの身を手に入れることに成功したのだった。

＊＊＊

「あそこが盗賊団のアジトね」

月明かりの下――。

俺はシシリーと二人で盗賊団の拠点へとやって来ていた。

視線の先にあるのは簡素な木造りの建物で、窓からは僅かに光が漏《も》れている。

既《すで》に時間は深夜遅《おそ》く。もうじきすれば朝日が昇《のぼ》ってくる時間帯だったが、どうやら盗賊団の連中は眠《ねむ》りについていないらしい。

「酒盛り中か。呑気《のんき》なことだ」

「でも、執行人サンにとってはちょうど良かったんじゃない？」

「ちょうど良かった？　俺が？」

「ええ。寝込《ねこ》みを襲《おそ》うなんて、悪を裁く執行人っぽくないじゃない？」

シシリーは紫色の瞳を片方閉じて、ウインクしていた。幼い容姿も相まって、子供らしい仕草に見えなくもない。

「……」

「どうしたの、執行人サン？」

「いや、別に」

「もしかして私に見惚《みと》れちゃった？」

シシリーが今度は俺のことを肘《ひじ》で突いてきた。取り合うのも馬鹿《ばか》らしいので無視する。

「でも、悪の盗賊団をやっつけようとしているなんて、童話に出てくる正義の英雄《えいゆう》みたいでワクワクするわね」

「お前、子供っぽいところあるよな。実際の年齢《ねんれい》は千歳《さい》以上だろ」

「あ、執行人サンってばひどい。それは乙女《おとめ》に絶対禁句なんだから」

シシリーはわざとらしく頬を膨《ふく》らませていて、俺はどうにも調子が狂《くる》うなと溜息《ためいき》をつく。

まあいい、今は盗賊団の殲滅《せんめつ》に集中しよう。

「それより、準備はいいか？　恐らく中には盗賊団の連中が大勢いるが」

「私と執行人サンなら、その辺の有象無象は相手にならないでしょう。問題は――」

「頭領の、アベンジオって男だな」

「ええ。来る途中でも話したけど、《魔晶石》には気をつけて。どんな能力が封《ふう》じられているか分からないし、もし《魔晶石》を複数所持していて使える状態なら普通《ふつう》に脅威よ。たとえ扱《あつか》うのが外道《げどう》な人間だったとしてもね」

俺はシシリーの言葉に頷き、盗賊団のアジトの前まで歩を進めた。

――確か、三回と四回だったな。

メイアによれば、リックはこのアジトに入る時、特定の回数でノックをしていたらしい。恐らく符丁《ふちょう》となる合図なのだろう。

「何だぁリック、また来たのか？」

俺が油断を誘《さそ》うため、メイアから聞いていたのと同じ回数でノックすると、中から声がかけられる。そして、呆気《あっけ》ないほど無警戒《むけいかい》に扉《とびら》が開かれた。

「だ、誰――」

――ドガッ！

扉を開けた禿《は》げ男は手下の人間だろう。顔を見るなり剣《けん》を抜こうとしたので、腹に掌底《しょうてい》を見舞ってやった。

禿げ男は建物の中へと吹き飛んでいって、それが挨拶《あいさつ》代わりとなる。

「邪魔《じゃま》するよ」

「何だ、お前ら？」

奥《おく》のソファーに座《すわ》っていた長髪《ちょうはつ》の男が、手にしていた酒器を置いて睨《にら》みつけてくる。

メイアから聞いていた外見と一致《いっち》するし、座っていた位置からしてもこの男が頭領のアベンジオだろう。

「黒衣の……。お前、もしかしてリックが会ったっていう男か？」

俺はその問いには答えず、突然のことで立ち尽《つ》くしていた手下の中から適当な奴を選ぶ。

＝＝＝＝＝＝＝＝＝＝＝＝＝＝＝＝＝＝＝＝
対象：マーカス・アレント

執行係数：７４７２ポイント
＝＝＝＝＝＝＝＝＝＝＝＝＝＝＝＝＝＝＝

（……こいつでいいか）

俺が選んだのは頭にバンダナを巻いた男だ。【執行人】の能力で表示させた名前を確認《かくにん》し、その男に向けて手を上げた。

「よぉ、マーカス。久しぶりだな」

「は……？」

マーカスと呼ばれたバンダナの男が素っ頓狂《とんきよう》な声を上げる。

「いつだったか、お前が酒場で教えてくれた情報のおかげでここが分かったよ。ノックの合図も教えてくれて、助かった」

「な、何だ、お前？　俺はお前のことなんか知らねえぞ……」

それは俺も同じだ。こいつとは初対面である。

「マーカス。てめえ、俺たちのことを売りやがったのか？」

「そ、そんな、お頭《かしら》！　オレはこんな奴のことなんて知らねぇ！　本当だ！　信じてくれ！」

マーカスは必死の形相で訴《うった》えかけるが、アベンジオの中ですぐに疑念が晴れることはないだろう。

俺が警戒していたのは、《魔晶石》なりジョブスキルなりで、アベンジオがどこか別の場所に転移するなどの状況《じようきよう》だ。

これまで何度かあったように、執行対象と繋《つな》がりを持つ人間が俺の傍にいる場合であれば問題は無い。が、今はリックがこの場にいない。

もし本当の情報源が知れてアベンジオの敵意がそちらに向いた場合、リックに危害が及《およ》ぶ可能性がある。

だから俺はアベンジオの意識が手下に向くよう一芝居《しばい》打ったわけだ。

「そうか。この男がリックの《魔晶石》に対処できたのは、お前が情報を漏らしていたからか、マーカス。あの能力に初見で対応できる奴がいるなんて、おかしいと思ったぜ」

「ち、違っ――」

アベンジオがそう解釈《かいしやく》するのも自然なことではあるが、こちらにとっては好都合だ。後は本当のことが知れる前にアベンジオを執行すればいい。

「なるほど、さすが執行人サン。お上手ね」

シシリーが俺だけに聞こえる声で呟き、感心したように笑っていた。

「さて。仲間割れはその辺にしてもらうとして」

マーカスがアベンジオに殴《なぐ》られているのを見届けて、俺はシシリーに視線を送る。シシリーはそれで意図を察し、アベンジオに向けて話を切り出した。

「私たち、貴方の持っている《魔晶石》について聞きたいの。それをどこから手に入れたか教えてくれない？」

「……」

「それ、普通に取れる石でも無いし、普通は使い方を誰かから聞いてないと扱えないはずなんだけどね」

シシリーはアベンジオがはめている《魔晶石》が取り付けられた指輪を指差しながら尋《たず》ねる。

「嬢ちゃん、よく知ってるな。若《わけ》えのに大したもんだ」

「ふふ。褒《ほ》めてくれたのに悪いけど、私あいにく貴方みたいなむさい男には興味無いの。ゴメンね」

アベンジオを煽《あお》りつつ、何故かシシリーは俺の腕に自分の腕を絡めてきた。それを見たアベンジオが大きく息をついて反応する。

「どうやら、仲良くお話ってわけにもいかなそうだな。……おい」

アベンジオは苛立《いらだ》たしげに顎を動かし、手下たちに指示を出した。俺たちを襲えという命令だろう。

——仕方ない。鎮圧《ちんあつ》してから話を聞くとするか。

手下の男たちはそれぞれ武器を手にして、シシリーが腕を絡める俺に殺意のこもった目を向けてくる。

「てめぇ、見せつけてんじゃねぇぞ！」

それは俺のせいじゃない気がするが……。

ぼやいても仕方ないかと切り替えて、俺は青白い文字列を表示させる。

＝＝＝＝＝＝＝＝＝＝＝＝＝＝＝＝＝＝＝＝＝＝＝＝＝＝＝＝＝
累計《るいけい》執行係数：３６３３５６１ポイント
執行係数６０００ポイントを消費し、《風精霊の加護《シルフィード》》を実行しますか？
＝＝＝＝＝＝＝＝＝＝＝＝＝＝＝＝＝＝＝＝＝＝＝＝＝＝＝＝＝

――承諾《しょうだく》。

俺が手をかざすと、襲いかかってきた男が吹き飛ばされて壁《かべ》に激突《げきとつ》する。《風精霊の加護《シルフィード》》で風を操作した結果だ。

「こ、この野郎《やろう》！　何しやがった！」

次は奥にいた男が叫ぶ。

ジョブスキルを使ったのだろう。手のひら大の火球を生み出し、こちらに射出してきたので今度は《水精霊の加護《アクアヴェール》》のジョブスキルを使用し沈静《ちんせい》化する。

「屋内で火遊びしたら危ないだろうが。火事にでもするつもりか？」

「そ、そんな……」

「くっそ！　オレが行く！」

続いて他の男が棍棒《こんぼう》を振りかざしながら駆けてくる。が、結局その攻撃も俺たちに当たることはなかった。

「か、かはっ……」

「駄目《だめ》よ。貴方たち雑魚《ざこ》に構っている暇《ひま》はないんだから」

見ると、男は棍棒を振りかざした体勢のまま固まっていて、手足を巨大な針のようなもので突き刺《さ》されていた。恐らく、シシリーが何かしらのジョブスキルを使用したのだろう。

当のシシリーが両手を優雅《ゆうが》に広げ、妖艶《ようえん》な笑みを浮かべていた。

「がっ！」

「ぐえっ！」

「おぐぁ！」

まもなくして、アベンジオ以外の全《すべ》ての盗賊団員が床《ゆか》に転がることとなった。

「さて、これで残るはアンタ一人だ」

「お前ら、只者《ただもの》じゃねえな……」

「それで、どうするの？　降伏《こうふく》して《魔晶石》のことを教えるか、それとも――」

シシリーが睨《ね》めつけると、アベンジオは面白くなさそうに鼻を鳴らす。

そして――。

「大人しく従うか、だと？　愚問《ぐもん》だな」

壁にかけてあった斧《おの》を手にして、アベンジオは俺たちに向き直る。

「雑魚どもを倒したくらいでいい気になるなよ」

「大人しく従う気はない、ということでいいか？」

「当たり前だ！」

アベンジオは斧を振りかぶると、それを力任せに振り下ろしてきた。

俺とシシリーは左右に分かれてそれを回避し、攻勢《こうせい》に転ずる。

俺は《風精霊の加護《シルフィード》》で、シシリーは小型のゴーレムを召喚《しょうかん》してアベンジオに攻撃を仕掛《しか》けた。

が――。

「クックック。この《魔晶石》の能力の前には効かねえなぁ」

アベンジオは無傷だった。

見ると、アベンジオの周りを取り囲むようにして結界のようなものが張られている。アベンジオが指輪に付けている《魔晶石》の力を解放したのだろう。

「ほら、またこっちからいくぜぇ。《魔晶石》解放――」

「――っ」

また斧を振ってくるアベンジオだったが、先程よりも速度が速い。指輪に付けた、別の《魔晶石》の能力か。

紙一重《かみひとえ》で躱し、今度は《水精霊の加護《アクアヴェール》》のジョブスキルで水の檻に封じ込めようとしたが、水塊《すいかい》が結界にかき消される。

どうやら、あの結界は魔法の類も寄せ付けないらしい。

「チッ。防御《ぼうぎょ》を強化しつつ攻撃も強化か。単純だけど、厄介《やっかい》ね」

何度かの攻防を繰り返し、距離を取ったシシリーが苛立たしげに呟く。

「まったく、改めてコイツの力には驚かせられるな。この力を使えば、俺の復讐も果たせそうだぜ」

「復讐？」

「フン。金を得るのもそうだがな、俺がやりたいのはそれだけじゃねえ。何としてもルーンガイアの王族の奴らに復讐しなくちゃならねえんだ。今はその準備期間といったところだな」

ルーンガイアの王族というと、ゼイオス王や王女であるクレスのことだ。

アベンジオは手にした斧をきつく握りしめ、憎悪《ぞうお》に満ちた眼差《まなざ》しを向ける。恐らく、奴の中では何か因縁があるのだろうが……。

「俺はな、元々ルーンガイアの王国兵だった。それがな、ある日突然、王宮から追い出されたんだよ」

「……」

追い出された、か……。

「犯罪者から賄賂《わいろ》を受け取っていたことがお姫《ひめ》さんにバレちまってな。その日の内に王国兵の任を解かれてよ。そのおかげで俺は今、こんな日陰《ひかげ》暮らしを強《し》いられてるってわけだ」

「いや、それは貴方の自業自得でしょう。完全に逆恨《さかうら》みじゃないの」

「そうかね、嬢ちゃん。俺のやったことと王族のやっていること、どこが違うってんだ」

「は？」

「どうせ王族の連中なんてのは、俺たち兵のことを駒《こま》としか見ちゃいねえのよ。自分たちは悠々《ゆうゆう》と玉座に腰掛《こしか》けて、何一つ不自由ない暮らしをしてるってのにな。だから、俺もちょっと甘《あま》い汁《しる》を吸わせてもらっただけじゃねえか。それの何が悪い？」

「……」

「所詮《しょせん》、この世界は使う者と使われる者に分けられるんだ。弱者に都合の良いようになんかできちゃいねえ。だから、俺は使う側に回りてえのよ」

アベンジオは悪びれることなく肩をすくめている。

確かに、王族という連中にはそういう奴もいるだろうな。いや、「いた」が正しいか。

しかし……。

俺は一つ息を吐《は》き、そして告げてやった。

「お前みたいな奴と、クレスを一緒にするな」

「あ？　何か言ったか？」

「理不尽も味わっていないくせに復讐？　まったく笑わせる」

「何だと？」

「自分は悪くない、悪いのは周りだと。お前はそうやって他の誰かのせいにして自分を守ろうとしているだけだ。他者のことを知ろうともせず、自分の苦悩《くのう》は分かってほしいだと？　駄々《だだ》をこねる子供じゃあるまいし」

「て、テメェ……」

それに、コイツはまだ幼いリックを自分のために利用していた。希望を見せつけ、それをダシに従わせて……。

断じて許せることではない。

＝＝＝＝＝＝＝＝＝＝＝＝＝＝＝＝＝＝＝＝
対象：アベンジオ・デルアン
執行係数：７５７２２ポイント
＝＝＝＝＝＝＝＝＝＝＝＝＝＝＝＝＝＝＝＝

——まあ、そうだろうな。

俺は表示させた執行係数を確認し、右手に意識を集中させる。

横目に見えたシシリーが、口の端《はし》を上げるのが見えた。

「《魔鎌《まれん》・イガリマ》、召喚——」

「な、何だ？」

黒く禍々《まがまが》しい魔力が吹き荒《あ》れた後、俺の手には漆黒《しっこく》の大鎌《おおがま》が握られる。

「さて……」

俺は瞬時に床を蹴り、アベンジオまでの距離を詰《つ》めた。

「《叩き割れ、イガリマ》——」

イガリマを振り下ろすと同時、何かが割れるような音とともにアベンジオの持っていた斧を破壊《はかい》する。

「ば、馬鹿な⁉」

「終わりだ、屑《くず》め」

無防備になった土手腹に拳《こぶし》を叩き込むと、アベンジオは吹き飛んでいった。

「ぐ、ぼぇ……！」

壁に大穴を開けて、アベンジオの顔が苦痛に歪《ゆが》む。

俺が歩み寄って見下ろすと、その表情は苦痛から恐怖《きょうふ》へと変わっていた。

「執行完了《ざまあみやがれ》――」

＝＝＝＝＝＝＝＝＝＝＝＝＝＝＝＝＝＝＝＝＝＝＝＝＝＝＝＝＝＝＝＝＝
アベンジオ・デルアンの執行完了を確認しました。
執行係数７５７２２ポイントを加算します。
累計執行係数：３６８５２８３ポイント
＝＝＝＝＝＝＝＝＝＝＝＝＝＝＝＝＝＝＝＝＝＝＝＝＝＝＝＝＝＝＝＝＝

＊＊＊

「流石ね、執行人サン。惚《ほ》れ惚《ぼ》れしちゃった」

アベンジオを縛《しば》り付けた後で、シシリーが魔女帽子を被り直しながらそんなことを言った。どこか恍惚《こうこつ》とした表情を浮かべている。

「お前な、またからかってるつもりか？」

「ふふ、どうかしらね？　まあ、それはそれとして――」

掴みどころなく、するりと抜け出すように。シシリーは突っ伏《ぷ》していた盗賊団員の腰からナイフを抜くと、ぐったりとしているアベンジオに歩み寄る。

「さて、これで《魔晶石》のことを話してくれる気になったかしら？」

「……話すつもりは無いと言ったら？」

「命は大事にすべきよ」

シシリーは短く呟き、手にしていたナイフを目の前に差し出して見せた。

「わ、分かった……。話す、話すさ」

「いい心がけね」

シシリーはにこやかに笑っていたが、アベンジオにとっては逆に恐怖だろう。顔は引きつり、少しでもシシリーから距離を取ろうともがいていた。

「それじゃあ、まずは貴方にその《魔晶石》を授《さず》けたのは誰？」

「白髪《はくはつ》の、長身の男だった。けっこう痩《や》せていたな」

「……もっと詳しく」

「ついひと月ほど前のことだ。ここの前にアジトとしていた場所に、その男がやって来たんだ。いい話があるってな。最初はどうにも怪《あや》しいやつだと思ったんだが」

「それで？」

「お、おい、あまりナイフを近づけるな。嬢ちゃん、目が怖《こえ》えぞ」

「いいから、早く話しなさい」

「そ、その男は黒いローブを纏っていた。この《魔晶石》を渡《わた》して使い方を教えてくれたんだが、一方的だったからな。俺から連絡《れんらく》を取る方法もねえし、どこにいるのかも分からねえ」

いつぞやの悪徳領主にやったようにヘルワームを召喚することも考えたが、その必要はなさそうだ。シシリーにナイフで脅《おど》されているためか、アベンジオは青白い顔で質問に答えていた。

シシリーが何かを考え込むようにして黙っていたので、次は俺が質問を飛ばす。

「どうしてお前みたいな盗賊にその石を渡したんだ？　《魔晶石》はどう考えても普通の石じゃないだろう？」

「そのローブの男の口ぶりでは、いくらでも作れるから自由に使えって感じだったぜ。俺が王家に恨《うら》みを募《つの》らせていることも知っていて『そのために使え』とか言ってたな。ああ、それから、俺には《魔晶石》を使う『資格』があるから、とも言っていた」

資格、か……。

シシリーも前に言っていたし、どうやら《魔晶石》を扱うにはその「資格」というものが必要なのだろう。

となると、アベンジオに《魔晶石》を渡した男は資格を持つ人間と接触《せっしょく》しようとしているのか？

「……その男の目的は？」

「いや、それは俺にも分からねえ。俺の目的を知って声をかけるくらいだから、ルーンガイアの王家に恨みを持っている人物なんじゃねえか？」

確かに、そう考えることもできるが……。

「……」

シシリーがアベンジオの言葉を聞いて神妙《しんみょう》な面持《おもも》ちを浮かべているのが気になったが、俺は続けてアベンジオに問いかける。

「その男の名前は？」

「……ヴァリアス」

俺の問いに答えたのは、アベンジオではなくシシリーだった。

「ヴァリアス・ランダーク。違う？」

「あ、ああ。その通りだ。何だ嬢ちゃん、その男を知って――」

突然、シシリーが手にしていたナイフを振り下ろす。それはアベンジオの顔のすぐ横を通過し、壁に突き刺さった。

「な、な……」

「情報提供、感謝するわ。やっぱり、間違っていなかった」

シシリーは告げながら、アベンジオが指にはめていた魔晶石を回収する。

そしてそのまま踵《きびす》を返し、入り口の方へと向かっていく。

「おい、待てシシリー。どうしたんだ？」

俺はシシリーを追いかけ、盗賊団のアジトから出たところで肩を掴んだ。

「ゴメンね、執行人さん。ちょっと取り乱しちゃった」

「いや、それは良いが……。知っているのか？　ヴァリアスって奴のこと」

「ええ。昔からね」

「昔から？　ってことは」

「ヴァリアスは私と同じ、魔族よ」

シシリーが振り返る。それまでの余裕《よゆう》のある感じは消え、至って真剣な表情だった。

「それで、お前とヴァリアスとの間にはどういう関係が？」

「……」

シシリーがどこか遠くを見るような目をして、胸に手を当てる。そして静かに語りだした。

「私は、家族をヴァリアスに殺されたの」

「──っ」

唐突《とうとつ》な告白に、思わず息を呑《の》む。

「同族を殺したっていうのか？　何故ヴァリアスはそんなことを……」

「コレを作るためよ」

言って、シシリーは手にしていた《魔晶石》を示した。

「この《魔晶石》っていうのはね、私たち魔族の力を石に宿したものなの。正確には、『魔族の死体からジョブの力を抽出《ちゅうしゅつ》したもの』ね……」

「……」

「ヴァリアスは私たち魔族の中でも、有能な科学者だった。そして、いくつもの発明を生み出し、魔族に繁栄《はんえい》をもたらした。あの地下水道にいたガーディアンキマイラもヴァリアスの発明の一つよ」

シシリーの言葉で、俺は《救済の使徒》のアジトで戦った機械仕掛《じか》けの魔獣のことを思い出す。確かに、あの時シシリーは古代の遺物だと言っていたが、それがヴァリアスという男が生み出したものらしい。

「ヴァリアスはある時、魔族の死体からジョブの力を抽出する技術を発見した。当時の魔族の中では、寿命《じゅみょう》を迎《むか》えた者からのみ力を抽出することが認められ、ヴァリアスも最初はそれに従っていたわ。けれどある時、ヴァリアスは凶行《きょうこう》に走ったの」

シシリーは語る。

ヴァリアスはシシリーの家族のみならず、生きている魔族を何人も殺《あや》め、大量の《魔晶石》を作り出したと。ヴァリアスが何故そのような真似《まね》をするようになったのかは分からないが、結果として大勢の魔族が手にかけられたと。

俺はシシリーの話を聞くうちに、いつしか拳《こぶし》を握っていた。

「ヴァリアスは魔族の中でも危険因子であると認定され、極秘裏《ごくひり》に封印《ふういん》されたわ。それでも、咎《とが》めを受ける前、ヴァリアスは何一つ省《かえり》みる素振《そぶ》りを見せなかったらしいの。ただ《魔晶石》は素晴《すば》らしい技術なのだと誇《ほこ》って」

常軌《じょうき》を逸《いっ》した、猟奇《りょうき》的な人物。それが、ヴァリアス・ランダークという男に抱いた印象だった。

シシリーが儚《はかな》く笑い、それが朝日に照らされる。

そのまま光に溶《と》けて消えてしまうのではないかという馬鹿な幻想《げんそう》を浮かべたが、当然そんなことはなく、ただシシリーはそこに立っている。

「封印されていたヴァリアスが、何故今になって動き出したのかは分からない。何故《魔晶石》をばら撒《ま》いているのかも。でも、いずれにせよヴァリアスは何かのために暗躍《あんやく》している。きっと、多くの《魔晶石》を手に、ね……」

「それは、脅威だな」

「ええ。でも、私にとってそんなことはどうでもいい」

「……」

「盗賊団のアジトに案内してくれたら私の目的を教えるって話だったわね」

「ああ」

俺が頷くと、シシリーは僅かに目を細めて話し始める。

「私は、ヴァリアスの行方《ゆくえ》を追いたい。そして――」

シシリーは一度言葉を切って、そして続けた。

「ヴァリアス・ランダークをこの手で殺したい。たとえ、刺し違えたとしても、ね」

＊＊＊

「あ、アデル様」

貧民街の外れにある空き地にて。

あらかじめ取り決めておいた場所で、俺はメイア、テティと落ち合う。

「待たせてすまない。そっちは……上手《うま》くいったみたいだな」

「はい！　テティちゃんのおかげでバッチリでした！」

「もう。それを言うならメイアのおかげだよ」

「そうか。こっちもアベンジオたち盗賊団は鎮圧できた。後でクレスに報告して兵を寄越してもらえばいいだろう」

二人の晴れやかな表情を見て、首尾《しゅび》よくいったのだろうと察した。

信じて送り出したことは間違いないが、それでも二人の無事な姿を見たことで、自分でも驚くほどに安堵《あんど》したのを感じる。

「あれ、アデル？　シシリーは？」

テティが獣耳《けものみみ》を動かしながら辺りを見回すが、やって来たのは俺一人だ。シシリーの姿は無い。

シシリーは、今は一人になりたいと言い残して俺の元を去っていた。

「シシリーのことは、後で話す。今はそれよりも――」

「……。そうですね。今はリック君のお母さんの元へ向かいましょう」

俺の様子から何かを察したようだったが、メイアは聞かないでくれた。

「母さんっ！　しっかりして、母さんっ！」

リックの家へとやって来ると、外までそんな声が漏れてくる。どうやら状況は切迫《せっぱく》しているようだ。

俺はメイア、テティと頷き合い、リックの家の中へと入る。

「お邪魔するよ」

「な、何だお前――あ、お前はあの時の……」

ベッドの母親に寄り添《そ》っていたリックが振り返ると言葉を詰まらせた。

昨日、ルーンガイアの城下町で出くわした連中だと気づいたらしい。

ベッドに臥《ふ》せっているリックの母親は呼吸を乱し、顔は青白く冷めている。

「お前、何しに来たんだ！　もしかして、オレが盗《ぬす》みを働いていたから捕《つか》まえにやって来たのか⁉」

「君の事情は知っている。君がお母さんを救いたくて、アベンジオの奴に騙《だま》されていたってことも」

「な、何を……」

「説明は後でする。今は君のお母さんを助けることが先決だ。――メイア」

「はい、アデル様」

俺が視線を送ると、メイアが乾草《ほしくさ》に包んだアストラピアスの細切れを取り出す。シシリーの言う通りなら、これでリックの母親にかかった呪いも解呪《かいじゅ》できるはずだ。

メイアが膝《ひざ》をつき、リックの母親の口にアストラピアスの身を含《ふく》ませる。始めは意識朦朧《もうろう》として咀嚼《そしゃく》するのもやっとという感じの母親だったが、次第にその効果は明らかとなった。

「う、ん……」

リックの母親が目を開ける。顔には血の気が戻《もど》り、そして何より、腕からは蛇の刻印が消え去っていった。

「母さん？」

リックが母親の元へと駆け寄る。場所を譲《ゆず》ったメイアの瞳にも涙《なみだ》が浮かんでいるのが見えた。

そして――。

「母さんっ……！」

リックは母親の胸元《むなもと》に顔を埋《うず》め、人目もはばからず泣き声を上げていた。

「本当に、ありがとう。アンタらのおかげだ」

「良かったですね、リック君。お母さんが無事で」

アストラピアスの身を食べさせたことで、リックの母親の容態は快復の兆《きざ》しを見せた。今は呼吸も落ち着いていて、この分なら問題はないだろう。

事情の説明を受けたリックは驚いていたが、今は母親の無事を喜んでいた。

「リック。君に渡したいものがある」

俺はリックと同じ高さに目線を合わせ、黒衣の外套《マント》から大きめの麻袋《あさぶくろ》を取り出す。

麻袋はジャラリと音を立て、リックの手に渡った。

「それは、アベンジオたち盗賊団のアジトから回収した金品だ」

「え……？」

「その金品を自分のために使うか、今まで盗みを働いてきた相手に返すか、それは好きにしろ」

「あ……」

「もし君にその気があるのなら、《銀の林檎亭》という酒場に来るといい。腕の立つ情報屋がいるからな。君が盗みを行った人たちを捜すこともできるだろう」

「……」

リックはその麻袋の重みを確かめるように、目を落とす。

「はは……。アンタら、お人好しなんだな。見ず知らずのオレのために、こんな機会までくれて……」

そしてリックは目元を拭《ぬぐ》い、顔を上げてはっきりと宣言した。

「ありがとう。オレ、ちゃんと盗んだ人たちに謝《あやま》るよ。そのくらいは、自分でやりたい」

俺はその言葉に頷き、踵を返す。

そして、メイアやテティと共に《銀の林檎亭》への帰路につくのだった。

# 5章　《復讐代行屋《ふくしゅう》》としての矜持《きょうじ》

「お久しぶりッス、アデルさん」

リックの件が解決して数日後。

俺《おれ》とメイア、テティの三人はクレスに招かれ、ルーンガイアの王宮を訪《おとず》れていた。

王宮の中に入るとフランがいて、いつも通りフランクな感じで接してくる。

「久しぶりってお前、昨日も《銀《ぎん》の林檎亭《りんごてい》》に来てただろ」

「王宮では久しぶり、ってことで。いやぁ、王女様に王宮の部屋を宛《あ》てがってもらったのは嬉《うれ》しいんッスけど、やっぱり料理はメイアさんのが口に合うみたいッス。あ、また今日の夜もお邪魔《じゃま》していいッスか？」

俺は饒舌《じょうぜつ》に喋《しゃべ》るフランに嘆息《たんそく》しながらも、王宮の長い廊下《ろうか》を進む。

クレスの話によれば、今日はゼイオス王から話があるとのことだ。

クレスとゼイオス王の待つ部屋に向かいながら、俺はフランと言葉を交《か》わす。

「そういえばフラン。盗《ぬす》みの被害者《ひがいしゃ》たちの割り出しをしてくれて助かったよ。サンキュな」

「いえいえ、何のあれしき。でも、良かったッスね。無事解決できたようで」

フランにはリックの一件について、盗難《とうなん》の被害に遭《あ》った者たちを捜《さが》してもらっていた。幸いにもその者たちはすぐに見つかり、今度リックが直接会って謝罪をする予定になっている。

「それで、もう一つの頼《たの》んでいた方は？　何か進展あったか？」

「ああ、ようやく奴《やつ》らも目を覚ましたんで尋問《じんもん》したんッスけどね。やっぱりどの人間もヴァリアスって奴のことは深くは知らされていないみたいッスよ」

「そうか……」

俺がフランに尋《たず》ねたのは《救済の使徒》の連中に関することだ。

シシリーの家族を含《ふく》め、同族を手に掛《か》けたというヴァリアス・ランダーク。行方《ゆくえ》も目的も不明だが、マルクの時と同じく不穏《ふおん》な影《かげ》を感じた俺はフランに情報を集めてもらうよう依頼《いらい》していた。

シシリーの話によれば、地下水道で戦った機械仕掛《じか》けの魔獣《まじゅう》、ガーディアンキマイラもヴァリアスの発明らしいし、《救済の使徒》にも何かしらの繋《つな》がりがあると見ていたんだが……。

どうにも、その方向からはめぼしい手がかりは手に入っていないらしい。

「にしても、何で《救済の使徒》の連中はルーンガイアの国民を攫《さら》ったりしていたんッスかね？」

「シシリーが言うには、《魔晶石》を扱《あつか》える人間は限られるらしい。だから、ヴァリアスは《魔晶石》と適合する人間を集めようとしていたんじゃないかと思う。《救済の使徒》を通じてな」

「ふぅむ。そうなると……」

「ああ。『兵』を集めようとしていることになるな」

もっとも、ヴァリアスは駒《こま》として考えているのかもしれないが。

盗賊《とうぞく》団の頭領アベンジオに声をかけていた件といい、ルーンガイアの王家を標的としているということなんだろうか？

俺が思考を巡《めぐ》らせていると、隣《となり》を歩いていたメイアも同じように解《げ》せないといった様子で呟《つぶや》く。

「でも、だとすれば何故《なぜ》ヴァリアスという魔族はルーンガイアの王家を狙《ねら》うんでしょうか？　魔族の復讐、とはまた少し違《ちが》うような……」

「わたしも、そう思う。マルクの時は魔族の復活のためにって言ってた気がするけど、ヴァリアスって魔族は仲間を殺していたんでしょ？　それなのに、同族の復讐のために動いたりするかな？」

「そこなんだよな……」

メイアとテティが浮《う》かべた疑問に同意したが、今ここで悩《なや》んでも答えが出ることはなさそうだ。

俺は頭を振《ふ》って、話題を切り替《か》えることにする。

「ところで、フランは今日の件について何か聞いているのか？」

「あー、それなんッスけどね。王女様と王様からアデルさんに頼みたいことがあるって言ってたッスよ」

「頼みたいこと？」

「はいッス。一緒《いっしょ》になった時の方が良いだろうってことで、フランも詳細《しょうさい》は聞いてないッスけど」

クレスとゼイオス王から頼み事か。ルーンガイアの王族からの頼みとなると、普通《ふつう》のことではないのだろうが……。

そんなことを考えながら歩いている内に、俺たちはクレスとゼイオス王の待つ部屋の前までやって来た。

ノックをして、中に足を踏《ふ》み入れる。

「おお。アデル殿《どの》、それに他の方々も、よく来てくれた」

「ご無沙汰《ぶさた》しております、ゼイオス王。お元気そうで何よりです」

「ハッハッハ。アデル殿のおかげで、な」

俺たちが部屋の中に入ると、ゼイオス王がにこやかに笑って出迎《でむか》えてくれた。

窓辺にはクレスもいて、その傍《そば》に控《ひか》えるような形で付き人のハリムも立っている。ここ最近のルーンガイアで生じた事件について知る人物が集まっているようだ。

と、クレスが俺の元へと歩み寄ってきて、何故か頭を下げる。

「アデルさん、それに皆《みな》さん。先日の盗賊団の件、大変ご迷惑《めいわく》をおかけしました」

「迷惑？　ああ……」

そういえば、先日執行《しっこう》したアベンジオは元王国兵なんだったか。クレスは、自分が追放した関係者が不始末を犯《おか》したと詫《わ》びているのだろう。

「別に迷惑でも何でもないさ。別にクレスが気に病《や》むことじゃない」

「いえ……。それでも、アデルさんにご負担をおかけしたことは事実ですから。本当に、アデルさんのおかげで事態が大事になる前に解決できて良かったです」

それに関してクレスには何の落ち度も無いと思うのだが……。自分のこととして背負おうという意思が何ともクレスらしい。

やっぱり責任感ある王女様だなと、俺はそんなことを考える。

クレスから事の一件を共有されていたらしく、続いてゼイオス王からも頭を下げられた。報奨《ほうしょう》を渡《わた》すと言われたが、俺は貧民街《ひんみんがい》の住人にでも渡してほしいと断りの言葉を告げる。

そうして、少し会話を交わした後——。

「さて、アデル殿」

ゼイオス王は改まった様子で俺に話しかけてきた。恐《おそ》らく、今日俺たちを呼んだ用件についてだろう。

「今日はアデル殿に依頼したいことがあって足を運んでもらったのだ」

「はい。フランからも簡単に話は聞いています。私にできることだと良いのですが」

「いや、これはアデル殿にしか頼めん内容だろう」

「……？」

ゼイオス王はハリムに命じて、卓《たく》の上に大きな羊皮紙を広げさせる。それはルーンガイア全土を記す地図だ。

よく見ると、地図上の地名の一つに赤い印が付けられていた。

俺の隣にいたテティが背伸《せの》びをしながらその地名を読み上げる。

「あもんあす……？」

「《アモンアスの滝《たき》》。水が豊富なルーンガイアの中でも、特に豊富な水量が降り注ぐ滝です」

そう説明してくれたのはクレスだった。

クレスは赤い印の付いた場所を指でなぞりながら続ける。

「ルーンガイアの街に引かれている水路も、源流を辿《たど》ればこの《アモンアスの滝》に繋《つな》がっています。かつては自然豊かな景勝地で知られた場所なのですが、近年は魔獣の活発化もあって立ち入り禁止区域に指定されているのです」

「つまりはルーンガイアの水の出処《でどころ》となる場所か。ここが何か？」

「実は、私の持つ【絵札占師《アルカナミスト》】のジョブで視《み》えた場所なのです」

「……ああ、なるほど」

クレスの持つ、極《きわ》めて特殊《とくしゅ》なジョブだ。確か、絵が描《か》かれたカードを召喚《しょうかん》して未来を占《うらな》うことができるというジョブのはずだが……。

場所が視えたというだけで調査に向かうというのは少し大げさな気もした。

「実は、ジョブを使用して出現したのがこの二枚なんです」

クレスはそう言って、【絵札占師《アルカナミスト》】のジョブを使用する。

光り輝《かがや》くカードが手に収まり、クレスはそれを俺たちの前に差し出した。

一枚は滝の絵柄《えがら》のカード。この絵から《アモンアスの滝》を連想したのだろう。

そしてもう一枚は――。

「白髪《はくはつ》の……、ローブを纏《まと》った男……」

「はい。これが先日、アデルさんが話してくださった、魔族のことなのではないかと」

先日の一件――アベンジオを執行した時のことはクレスにも共有済みだ。無論、同胞《どうほう》殺しの魔族、ヴァリアス・ランダークのことについても。

「この内容から考えるに《アモンアスの滝》に行けば、ヴァリアス・ランダークという魔族について何か手がかりが掴《つか》めるかもしれません。もちろん、直接対峙《たいじ》する可能性もありますが」

「かといって、《アモンアスの滝》は現在魔獣が活発化している地でもある。王国の兵たちでは力不足だろう。だから、実力のあるアデル殿たちに頼むのが最適だと考えたのだ」

クレスに続いてゼイオス王が説明する。

「地名が判明していると言っても、《アモンアスの滝》はかなり広大な水郷でな。クレスも案内役をするのだと言って聞かんし……。我としては、アデル殿が同行してくれるのであれば心強いことこの上ない」

言って、ゼイオス王は白い歯を覗《のぞ》かせる。

一国の王からそこまで信頼を寄せられるのはありがたいことだ。

ヴァリアスは王家に恨《うら》みを持つアベンジオに《魔晶石》を授《さず》けていたし、ルーンガイアの国民を攫っていた《救済の使徒》にも古代遺物を貸し与《あた》え、裏で糸を引いていた可能性もある。王家としても見過ごすわけにはいかないだろう。

「急な依頼で無茶を言っているとは思う。だから、この話を引き受けるかはアデル殿にお任せしたい」

「いえ。俺としても、理《り》不尽《ふじん》の芽は早めに摘《つ》みたいと考えています」

「おお、それでは」

「はい。この依頼、お引き受けします」

ゼイオス王の言葉に答え、メイア、テティとも今回の依頼について確認《かくにん》を行う。

場合によってはヴァリアスと遭遇《そうぐう》する可能性もあるということで、同行するメンバーは戦闘《せんとう》が行える俺、メイア、テティに、案内役を買って出てくれたクレスの四人と定めた。

——さて、鬼《おに》が出るか蛇《じゃ》が出るか……。いずれにせよ、何が起きても良いようにしておかないとな。

俺はそう心に決めて《アモンアスの滝》へ向けて出発することにした。

＊＊＊

「うん。アデル、この辺なら魔獣もいなそう」

「そうか。なら今日はここまでにするか」

《アモンアスの滝》へと進行して半日が経《た》った頃《ころ》。

もうまもなく滝近くの湖が見えてくるという場所まで来た俺たちは、広大な草原に立つ一本樹の元で夜営をすることに決めた。

「もう陽《ひ》も落ちる頃ですしね。テティさんが調べて安全そうなら、この場所で夜を明かすのが良いでしょう」

「そうですね、クレス様。この木の陰《かげ》なら簡単な宿場も作れそうですし」

クレスと言葉を交わした後で、メイアが巨木《きょぼく》と地面の間に鉄線を張っていく。その上に持参していた天幕を張れば寝《ね》る分には困らないだろう。

クレスはこんな場所で大丈夫《だいじょうぶ》かとも思ったが、「こういうの、ワクワクしますね！」と言ってメイアを手伝っていた。

やはり王女らしくない王女様である。


そうして、可燃石を使って宿場の近くに火を熾《おこ》し、皆で食事をして――。

「アデルさん。お隣、よろしいですか？」

一人で見張りをしていたところ、宿場から出てきたのはクレスだった。

「どうした？　寝れないのか？」

「ええ、ちょっと緊張《きんちょう》しているのかもしれませんね」

俺は腰《こし》掛《か》けていた岩を少しずれて、クレスが座れるようにする。

食事の際に使った可燃石がまだくすぶっていて、隣に腰掛けたクレスの顔を赤く照らした。

「他の二人は？」

「もうお休みになっていました。と言っても、テティさんはメイアさんに抱《だ》き枕《まくら》にされていたので、少し寝苦しそうにしていましたが」

クレスが天幕の中での光景を思い出したのか、柔《やわ》らかく笑う。

金の髪《かみ》が夜風に舞《ま》い、火の灯《あか》りの中で揺《ゆ》らめくその様は、誇張《こちょう》なしに幻想《げんそう》的と思える程《ほど》だった。

きっとこの光景を実力のある絵師が一枚絵に描き起こしたなら、さぞかし高値がつくだろうと、そんなことを考えさせられる。

「クレスも飲むか？　温まるし眠《ねむ》りやすくなると思う」

「あ、ありがとうございます。いただきます」

クレスは俺が差し出したスープの入った器《うつわ》を受け取ると、フーフーと息を吹《ふ》きかけながら口を付けていた。まるで猫《ねこ》のようである。

「ふふ。何か、いいですね、こういうの」

スープを啜《すす》りつつクレスが楽しげに言った。

普段《ふだん》から王女としての公務に当たることが多いクレスの立場からすると、このように野外で食事をしたり夜を過ごすという行為《こうい》は新鮮《しんせん》な体験なのだろう。

度々《たびたび》王宮を抜《ぬ》け出してハリムを困らせているようだが、さすがにここまではしたことが無かったらしい。

と、クレスが辺りをキョロキョロと見回しながら独り言のように呟く。

「大自然の中で夜を明かすなんて、初めてです。こんな感じなんですね」

「そうか、クレスにとっては珍《めずら》しいよな」

「アデルさんはよくこのようなことを？」

「……いや。今では少なくなったな」

昔――生まれ育った王家を追い出されてからは幾度《いくど》と無く経験したことだ。

といってもそれは今とは異なり、生きるのに必死な環境《かんきょう》の中でのことではあったが。

何より、その時は独りだった。

俺は何となしに、寝息を立てているであろうメイアとテティがいる天幕の方をちらりと見やった。

「アデルさんは――」

「ん？」

考えに耽《ふけ》っていると、クレスから声がかかる。

ルーンガイアの各所を流れる水のように澄《す》んだ瞳《ひとみ》が俺の方を向いていた。

「アデルさんは、なぜ執行人のお仕事を続けてこられたのですか？」

「……色んな理不尽をこの目で見てきたからな」

「理不尽？」

「ああ。メイアやテティもそうだが、他人の身勝手な理想に振り回された経験がある。それは何も俺たちだけじゃなかった。誰《だれ》もがこの世の理不尽に晒《さら》されている。なぜ執行人の仕事をやっているのかと問われれば、そういうのが嫌《きら》いだったからだろうな」

「……」

「でも――」

俺はもう一度天幕の方に目をやりながら、独り言のように呟く。

「でも今は、それだけじゃないのかもしれない」

俺はメイアと出会ってからというもの、世に蔓延《はびこ》る理不尽を駆逐《くちく》したくて《復讐代行屋》を続けてきた。当時は傍観者《ぼうかんしゃ》でいることができず、ただ目の前で起こる理不尽と、理不尽を振りまく人間が許せなくて漆黒《しっこく》の大鎌《おおがま》を振るっていて……。

それが今では何となく変化してきているように感じる。それは、自分でも理解しにくい感情ではあったが。

「ふふ」

「どうした？」

「いえ、皆さん仰《おっしゃ》るように、アデルさんは素敵《すてき》な人だなって思いまして」

「何で今の話からそうなる……」

「何ででしょうね？」

クレスは悪戯《いたずら》っぽい笑《え》みを浮かべていた。

「でも、アデルさんのしてきたことで大勢の人が助けられているんだろうなって、私はそう思います」

「……そうかな。そうだと嬉しいが」

「ええ、きっとそうですよ。普通の人であれば見て見ぬふりをしてもおかしくないのに、アデルさんは見過ごさないんですから。それって凄《すご》いことです。アデルさんの行いは、多くの人を救っているんだと思います」

俺は苦笑《くしょう》して手に持っていたスープの器を呷《あお》る。

「それを言うならクレスの方こそだと思うけどな」

「え？　私ですか？」

「ああ。《アモンアスの滝》がいくら広大だからと言っても、危険を冒《おか》してまで案内役を買って出る必要は無かったはずだ。国を脅《おびや》かす因子を知って、じっとしていられなくなったんじゃないのか？」

「……そうですね。そうかもしれません」

クレスは俺の言葉を聞いて照れ隠《かく》しにはにかんでいた。

《救済の使徒》のアジトに乗り込《こ》んだ時も然《しか》り、クレスは王族の立場に胡座《あぐら》をかかず、むしろ進んで民《たみ》を守ろうとしている。それは、かつてヴァンダール王国の王族であった頃の俺が、全《まっと》うできなかったことでもある。

だからこそ、力になってやりたいと思う。

「もちろん国のため、民のためというのはあります。けれど、私はそれが王族としての、上に立つ者としての責務だと思っていますから」

クレスは自分の胸に手を当てて、はっきりとそう言った。

「本当に立派な心がけだと思うよ。ちょっとお転婆《てんば》で危なっかしいところもあるけどな」

「も、もう。茶化さないでくださいよ、アデルさん」

恥《は》ずかしくなったのか、クレスが俺の肩《かた》を小突《こづ》いてくる。

そんな王女らしくない王女様を尻目《しりめ》に、俺はもう一度スープの入った器に口を付けた。

「そういえば、アデルさん」

「ん？」

「アデルさんからお話を伺《うかが》った、魔族の少女のことなんですが」

「シシリーのことか」

「はい」

クレスは自分が手にしているスープの器に目を落とすと、神妙《しんみよう》な面持《おもも》ちで言葉を続ける。

「シシリーさんは、自分の両親を殺したヴァリアスという同族を追っていると聞きました。だとすれば、シシリーさんは私たちの味方、ということになるのでしょうか？」

「味方、とも少し違う気がするがな。アイツは自分の目的のためにヴァリアスを追っているだけだろう」

「そうですか……」

「しかし、俺にとってそんなことはどうでも良い。シシリーの奴が魔族だということも、関係ない」

「……」

「今回の件はもちろん、ルーンガイアに不穏な影を落とす輩《やから》を突《つ》き止めるのが目的だ。でも、俺にとってはそれだけじゃない。クレスがさっき言ってくれたように、俺は理不尽に晒されている奴を見過ごせないクチだからな」

「その対象にシシリーさんも含まれていると？」

俺は答える代わりに空を見上げる。

そこには星空が広がっていて、思えばこんな風にして空を見上げるのは久々だ。

「ふふ。アデルさんは本当にお人好《ひとよ》しですね」

隣にいたクレスの声が今のこの景色には合っていると、何となくそう感じた。

＊＊＊

久しぶりに、夢を見た。

辺りが黒く塗《ぬ》りつぶされているのは夢だからなのか、それとも私にとって苦い記憶《きおく》だからなのか。それは分からない。

ただ虚空《こくう》の中に幼い頃の自分がいて、私はそれを見下ろしている。

夢の中の私はまだ本当に幼くて、そして無力だった。

──お父さんっ！　お母さんっ！

幼い私が叫《さけ》び声を上げる。

その声は虚《むな》しく反響《はんきょう》するばかりで、何の解決にもならなかった。

目の前には何かが転がっている。それは、絶命した父と母だった。

──フフフ。これでまた《魔晶石》が手に入る。

倒《たお》れている父と母の傍《かたわ》らで、白髪《はくはつ》の男が心底嬉しそうに笑《えぐ》っている。

へばりつくような、他人の心を抉るような、そんな笑い。

白髪《はくはつ》の男は私の両親の亡骸《なきがら》に手を当てると、そこから黒い石のようなものを取り出す。その石は淡《あわ》い光を帯びていて、不思議な存在感を感じさせた。

──やっぱり僕《ぼく》の【死者の再定義《ネクロリバイバー》】のジョブは素晴《すば》らしい。こうして死者のジョブを結晶《けっしょう》化できるんだから。

白髪《はくはつ》の男が黒い石を見つめながら恍惚《こうこつ》とした表情を浮かべている。

そして、男は私を一瞥《いちべつ》した。

その目は興味のない玩具《がんぐ》を見るような目だった。

――ふっ。まだジョブを授かっていない子供か。なら、用は無いね。

男は私から目を逸《そ》らし、今度は独り言のように呟く。

――まだ、まだ足りない。もっと僕の存在をこの世界に認めさせなくては。

白髪《はくはつ》の男はそれだけ呟くと、黒い石だけを手にして私の元から去っていった。

――あ……あ……。

夢の中の私は父と母の元に膝《ひざ》をつく。既《すで》に亡骸となった二人の体にすがるようにして。

――あぁあああああああああ！

もう一人の自分が絶叫《ぜっきょう》する声を聞きながら、最悪な感情と共に私はまどろみから覚めていった。


「千年経っても、忘れられないものね……」

目を覚まして、ぐっしょりと寝汗《ねあせ》をかいているのに気付く。

今見た夢……いや、昔の記憶のせいだった。

「……」

私は無言で体を起こし、汗で張り付いた衣服を脱《ぬ》ぎ捨てていく。

幸いにも湖畔《こはん》近くの木陰で睡眠《すいみん》をとっていたため、水場には困らなかった。

湖の中に足を踏み入れ、細い手足を水に付けていく。

魔族は歳《とし》をとっても見た目が変わらないとされているが、私の場合、幼い外見が当時から変わっていないのは呪《のろ》いのようなものではないかと思ってしまう。

湖水の冷たさに震《ふる》えるが、沈《しず》んだ気持ちごと洗い流してくれるようで、今はその冷たさが逆にありがたかった。

体を清めた後で衣類を羽織《はお》り、最後に自分の肩幅《かたはば》よりも広い魔女帽子《ぼうし》を被《かぶ》る。

亡《な》くなった母が遺《のこ》してくれた、私にとって大切な形見だった。

「さて、これからどうしましょうか」

冷水を浴びたことで幾《いく》ばくかは気持ちが晴れたものの、依然《いぜん》として心は重いままだ。

夢の中の私のように泣き叫ぶことができたなら、少しは楽になれるかもしれないのにと、仕方のないことを考える。

――俺にとって、お前が魔族だからとかは関係ないからな。

不意に、彼《かれ》の言葉が胸の内に浮かぶ。

初めは利用しようとして近づいたつもりだった。

私の目的のために役に立ってくれればいいと、そう思っていたはずだった。

でも……。

彼にすがることができたのなら、私のこの心の靄《もや》も晴れるのだろうか？　助けてと叫べば、彼は手を差し伸《の》べてくれるのだろうか？

「……何を馬鹿《ばか》なことを。もしかして、本当に惚《ほ》れちゃったのかしらね」

そんな言葉を呟いて、自嘲《じちょう》気味に笑う。

ヴァリアスを殺したいというのはあくまで私個人の、身勝手な復讐だ。無関係の彼に押《お》し付けて良いものではない。

そう心に蓋《ふた》をして、私は視線を上げる。

「さて、それよりも今はこっちね」

私が先程まで水浴びをしていた湖の先には、巨大な滝があった。

遠目に見ても綺麗《きれい》な滝だ。水の王国ルーンガイアの地に相応《ふさわ》しいなと、そんな印象を抱《いだ》く。

私はルーンガイアに入ってから、《救済の使徒》を始めとしてヴァリアスについて手がかりになりそうなものを追ってきた。

様々な場所を見て回ったが、未《いま》だヴァリアスの居場所について決定的な手がかりは得られていない。

今、私がいる地域はまだ調べていなかったので足を運んでみたのだが、景観豊かな滝があるだけだった。

「確か、《アモンアスの滝》って言ったっけ」

私は呟きながら、その巨大な滝に目をやる。

「……？」

不意に私は何かの気配を感じ取った。

——魔獣かしら？　でも、それとは何か違う感じがしたような……。

私の持つ【魔を指揮する者《マギアコンダクター》】のジョブは、魔力の流れを操作し、物質の持つ性質を変化させるものだ。普段から扱っていることもあってか、微細《びさい》なものでも魔力の流れには敏感《びんかん》だという自負があった。

そんな私の、第六感めいた感覚が告げる。

何かがあの滝の元にあると。

心がささくれ立ったような、そんなざわつきを覚えた私は、その巨大な滝の方へと足を進めることにした。


「さっき気配を感じたのはこの辺りね」

私は滝の元までやって来て、上を見上げる。

大きな滝だ。幅《はば》も広く、滝の始点は薄《うす》い雲がかかるほどに高い。

しかし、それ以外には特段おかしなところは無いように思える。

「やっぱり、気のせいだったかしら？」

呟いて元いた場所に戻《もど》ろうとしたところ、また何かの気配を感じる。

——滝の方から？　いや違う。もっとその奥《おく》から……。

私は膨大《ぼうだい》な水量が降り注ぐ滝に向き直った。

そして、地に手を付けてゴーレムを召喚し、滝の水を遮《さえぎ》るよう命令する。

「こ、これは……」

そこにあったのは、岸壁《がんぺき》をくり貫《ぬ》いたような穴。奥へと続く洞窟《どうくつ》だった。

この奥に何かがある。

私は予感を胸に抱きながら、召喚したゴーレムと共に中へと進んでいく。

そうして歩き、十分ほどが経っただろうか？

「おやおや、どうやら僕の隠れ家に鼠《ねずみ》が侵入《しんにゆう》したみたいだね」

開けた空間にいたその男に、私は思わず目を見開く。

その声とその姿に見覚えがあったからだ。

いや、見覚えがあるどころの話ではない。

そこに姿を現したのは、私が追い求めていた白髪《はくはつ》の魔族だった。

「ヴァリアス……！」

私が名前を呼ぶと、その男は白髪《はくはつ》を掻《か》き上げて不快な笑みを晒す。

「僕の名前を知っているとは、ただの子供じゃないようだね。一体何者だい？」

「……」

どうやら、向こうは私のことを覚えていないらしい。けれど、私にとってそんなことはどうでも良かった。この男に会える日を、ずっと待ち望んでいたのだから。

「貴方《あなた》が覚えていなくても、私は貴方のことを忘れたことは無いわ！」

私は地に手をかざし、複数体のゴーレムを召喚する。と同時、ヴァリアスを襲《おそ》うよう命令を下した。

「死ねぇえええ！」

「やれやれ。急に襲いかかってくるとは、随分物騒《ずいぶんぶっそう》だね。《魔晶石》解放――」

「なっ――」

私の召喚したゴーレムの拳《こぶし》がヴァリアスに命中したと思ったのも束《つか》の間。ヴァリアスに触《ふ》れたゴーレムが溶《と》けるように崩《くず》れ落ちた。

「フフフ……。物質に魔力を流し込み操作するジョブか。自身は危険を冒さずに攻撃《こうげき》ができると考えれば、実に優秀《ゆうしゅう》なジョブと言えるね」

見ると、ヴァリアスは《魔晶石》を手にしていて、不敵な笑みを浮かべている。

「ただ、残念だけど、コイツを使うと魔力の宿ったものを破壊《はかい》できるんだよねぇ。君のジョブに対して相性《あいしょう》が良い……いや、君にとっては最悪かな？」

――くっ。あの《魔晶石》は……。

続けてゴーレムを仕掛けるも、結果は同じだった。

ヴァリアスはその場から動くことなく、全《すべ》てのゴーレムを土に還《かえ》す。

すぐ目の前に仇敵《きゅうてき》がいるのに、届かない。

焦《あせ》る私とは対照的に、ヴァリアスは涼《すず》しい顔をしてそこに立っていた。

「ああ、思い出した。君はいつぞやの子供じゃないか。いやぁ、君のお父さんとお母さんから抽出《ちゅうしゅつ》

した《魔晶石》、ありがたく使わせてもらっているよ」

「っ……！」

「そんなに怖《こわ》い顔をしないでほしいなぁ。それに、何をそんなに怒《おこ》っているんだい？」

「わ、私は、貴方に両親を殺されたのよ！　当然じゃない！」

ヴァリアスは本気で私の感情が理解できないらしく、顎《あご》に手を当てて思考を巡らせているようだ。

その態度に私は更《さら》なる怒《いか》りを覚える。

「分からないなぁ、その感情」

「何……？」

「よく言うだろう？　生きる者はいずれ死ぬ。遅《おそ》いか早いかだけ。それは僕たち魔族も一緒さ」

「……」

「君の両親を殺したのは確かに僕だけど、むしろ感謝されるべきなんじゃないかな？」

「感……謝……？」

「いや、だってほら。君の両親のおかげで僕の《魔晶石《コレクション》》が増えたんだ。それは僕にとって喜ばしいことだ。死んでもなお、誰かに利用価値を見出《みいだ》されるなんて、そうそうあるもんじゃないよ。だから、それを実現できる【死者の再定義《ネクロリバイバー》】のジョブを持つ僕は、むしろ感謝されるべきなんじゃないかなって。死の救済をもたらす僕に怒りを抱くなんて、君の方がおかしいんじゃない？」

ヴァリアスは喜々《きき》として語る。

本当に、本心からそう言っているらしかった。

「黙《だま》れ……」

「ん？　何か言ったかい？」

「黙れ黙れ黙れえっ！」

こんな……。こんな奴に……！

怒りを通り越《こ》した感情を覚え、ただ絶叫する。

「絶対に、絶対にお前を殺すっ！」

私は再びゴーレムを召喚し、ある命令を与えた。

「やれやれ、何度やっても同じだと思うけどね。……むっ」

私がゴーレムに下したのは、単なる突撃《とつげき》の命令じゃない。

ゴーレムは近くにあった大岩を持ち上げると、それをヴァリアスに向けて放ってみせた。

ヴァリアスは先程までとは違い、向かってくる大岩を横に跳《と》んで回避《かいひ》する。

「それは、お前なんかが使って良いものじゃない！」

ヴァリアスが先程使用したのは、「魔力分解」という能力を持つ《魔晶石》だ。

私の母が、生前に使用していたジョブの能力だった。

——魔力を持たないもので攻撃すれば、効果は及《およ》ばないはず。

私は更にゴーレムを召喚し、ヴァリアスに向けて岩石を投じるよう命令する。

——絶対にコイツを倒す。

次第《しだい》にゴーレムの攻撃がヴァリアスを追い詰《つ》めていく。

そう思われた。

「そんな攻撃で勝った気になっちゃ駄目《だめ》だよ」

「……っ!?」

突如《とつじょ》、離《はな》れた場所にいたヴァリアスが私の目の前に現れる。

私は咄嗟《とっさ》のことに反応できず、首を掴まれた。

ヴァリアスは片手で軽々と私の体を持ち上げていく。

「空間跳躍《ちょうやく》の、《魔晶石》……っ」

「フフ、その通り君のお父さんが持つジョブの能力だったね。目の届く範囲《はんい》であれば瞬時《しゅんじ》に移動できる優秀な能力だ。これも、非常に役立ってくれているよ」

私はヴァリアスの腕《うで》を振りほどこうと試みるが、それは叶《かな》わなかった。

「無理無理。怪力《かいりき》を発揮する効果を持つ《魔晶石》も使用しているからね。君のやわな体じゃ解《ほど》けないだろうさ」

「ぐっ……」

「君がこうして優秀なジョブを授かり僕の前に現れてくれたおかげで、僕のコレクションもまた増えるというわけだ。君には感謝しなくちゃね。ああ、でも良かったじゃないか。これで君もご両親と同じになれるんだから」

「お、お前、は……」

「ん?」

「お前は何故、こんなことを、する……。何の、ために……」

「……」

ヴァリアスがそれまで浮かべていた笑みが、そこで初めて消える。

「これから死ぬ君にそんなことを話しても意味は無いよ」

しかし、ヴァリアスは私の問いに答えることなく、更に力を込めてきた。

薄れゆく意識の中で、私は懐《ふところ》にしまっていた《魔晶石》を掴む。それは、対《つい》になる《魔晶石》と共鳴を起こすことで効果を発揮するものだった。

ヴァリアスの行方を捜して勇者パーティーに属していた頃密《ひそ》かに入手し、そして《救済の使徒》のアジトである人物に渡した片割れでもある。

——これで、《魔晶石》の解放を唱えれば、彼が召喚される。そうすれば、私はこの窮地《きゅうち》を脱《だっ》することができるかもしれない。

「……」

しかし、私は逡巡《しゅんじゅん》する。自分が助かるために彼を危険に晒すのかと。

ヴァリアスの力は悔《くや》しいが本物だ。私に使った他にも、《魔晶石》を所持していることは容易に想像できる。

そもそも、これは私の個人的な怨恨《えんこん》で始めたものだ。尚《なお》の事、彼を喚《よ》ぶべきではないかもしれない。

そんな迷いが仇《あだ》となった。

ヴァリアスは私が手にしていた《魔晶石》に気付くと、すぐに私の手から奪《うば》い取ったのだ。

「おおっと危ない。君も《魔晶石》を持っていたのか。これは……召喚の能力を持った《魔晶石》だね。誰を喚び出そうとしたのか知らないが、まったく油断も隙《すき》もない」

ヴァリアスが勝ち誇《ほこ》った顔でほくそ笑み、私から奪い取った《魔晶石》を洞窟の奥へと投げ捨てる。

これで私に、ヴァリアスに対抗《たいこう》する手段は無くなってしまった。

けれど、これで良かったのかもしれないなと、そんな考えがよぎる。

所詮《しょせん》、自分は魔族なのだ。

かつて人間と争った魔族でありながら、自分の勝手な都合で利用するなどおこがましい。

「さぁて。これで終わりだよ」

――だから、これで良い。これで、私だけ終われば……。

そう心に決めて目を閉じた。

けれど――。

「そんな石、使うまでもないさ」

声が聞こえた。

直後、私の首を締《し》め付けていた力が緩《ゆる》む。

何が起こったのかと目を開くと、ヴァリアスの片腕が切断されていた。

「ぐぎゃああああああ！　ぼ、僕の腕が……!?」

「ったく。勝手に終わらせるな」

また声がして私は誰かに抱き留められる。

それが誰かは、確認するまでもなかった。

「無事か？」

「……本当に、執行人サンはお人好しね」

＊＊＊

「ありがとう、執行人サン」

「ああ。でも、礼なら後でテティに言うんだな」

俺は腕の中で呟いたシシリーに向けて告げる。

実際、俺がこの場所まで来れたのは、テティのおかげだ。シシリーの残り香《が》が滝の付近で途切《とぎ》れていることを察知できなければ、滝裏の洞窟の存在には気づけなかっただろう。

元からヴァリアスの名前を知れていたことも大きい。おかげで、召喚するのに対象の名前が必要なイガリマを、予《あらかじ》め手にした状態で駆《か》けつけることができた。

俺はシシリーを抱きかかえたままヴァリアスを睨《ね》めつける。

「き、君は、一体何者……。それに、その大鎌は……」

「さあな。答える義務は無いと思うが？」

俺の返しを受けて、ヴァリアスは苛立《いらだ》たしげに歯噛《はが》みした。

「おのれ、この僕の腕を斬《き》り落とすとは……。借りは作らない主義だが、まあいい。今は退《ひ》いてやる」

ヴァリアスはよろめきながら後退《あとじさ》り、先程まで手にしていたものとはまた別の《魔晶石》に持ち替える。恐らく口ぶりからして、この場から脱出《だっしゅつ》するためのものだろう。

「逃《に》げるのか？　腕を斬り落とされた程度で」

「フン。そんな安い挑発《ちょうはつ》に乗るほど僕は馬鹿じゃない。それに腕の修復くらい、僕の持つコレクションを使えばいくらでもできるからね。それよりも今は計画の実行を優先するというだけさ」

ヴァリアスは言うが早いか、《魔晶石》の解放を唱えるとその場から姿を消した。

——劣勢《れっせい》と見て撤退《てったい》か。躊躇《ちゅうちょ》しないとはタチが悪いな。それに、計画、か……。

俺は疑問を残したままで消失したヴァリアスに舌打ちしつつも、腕の中に収まったシシリーへと視線を落とす。

シシリーはヴァリアスにやられた時の影響《えいきょう》がまだあるのか、大人しく俺の腕に体を預けて横たわっていた。

「先に見つけたんだな。ヴァリアスを」

「ええ。返り討《う》ちにされるところだったけどね……。執行人サンのおかげで助けられたわ」

「何故シシリーはこの場所に？」

「ヴァリアスを追ってまだ調べていない地方を探索《たんさく》していたら、魔力の乱れを察知してね。それを言うなら執行人サンこそ何故この地方に？」

「王女様のジョブの能力のおかげでな。細かいことは省くが」

「そう……」

シシリーが深く呼吸をして、紫色《むらさきいろ》の瞳で見上げてくる。

「でも、どうして？」

「どうして、とは？」

「ヴァリアスがルーンガイアの陰で不穏な動きを見せていたから執行人サンも追っていたというのは理解できる。でも、私のことを助ける理由なんて無いはずでしょう？　私は、魔族なのよ？」

「前にも言っただろう」

「……」

「俺にとって、シシリーが魔族だからとかは関係ない。お前が理不尽に抗《あらが》おうとしているなら、俺も力になるってだけさ」

「っ……」

紫色の瞳が揺らいだように見えたのは気のせいだろうか。

シシリーは俺の服を少しだけ握《にぎ》りしめて顔を埋《うず》めると、小さな声で「ありがとう」と呟いた。

「アデル様、大丈夫ですか!?」

それから程なくして、メイアとテティ、それにクレスもやって来る。

シシリーの傷は幸いにも深いものではなく、今は立ち上がることができていた。

「シシリーさん、でしたね。アデルさんから事情は聞いています。首のところ、お怪我《けが》をされているようですが、大丈夫ですか？」

「ええ、大丈夫よ。執行人サンのおかげでね。それにしても、王女様まで来ていたなんて驚《おどろ》きだわ」

俺は合流した三人に対し、先程までこの場で起きていた出来事を共有していく。

既に俺からシシリーの目的のことを知っていた三人は、シシリーの想《おも》いを察したのもあるだろう。

時折シシリーの方を見ながら話に耳を傾《かたむ》けていた。

「そうですか。そんなことが……」

「でも、ヴァリアスがアデルに言い残した『計画』ってなんだろうね？　アデルの話では、それを優先するような口ぶりだったってことだけど」

「心当たりならあるわ」

メイアの治療《ちりよう》を受けていたシシリーがテティの問いに答える。

シシリーは俺たち全員を見回すと「たぶんだけど」と前置きして言葉を続けた。

「去り際《ぎわ》、ヴァリアスは『計画』と言っていた。つまり、何かしらの仕込みがあったということになる」

「仕込みか……。となると、《救済の使徒》やアベンジオに力を貸していたのがそれだと？」

俺の言葉にシシリーは頷《うなず》く。

「なるほど。《救済の使徒》はゼイオス王の命を狙っていたし、アベンジオも王家に恨みを募《つの》らせていた。共通するところは王家という要素だな」

クレスが息を呑《の》み、慌《あわ》てた様子でシシリーに詰め寄る。

「で、でも、何故ヴァリアスという魔族はルーンガイアの王家を狙うのでしょうか？」

「国でも欲《ほ》しいんじゃないかしら」

「国……？」

「そうよ、王女様。《救済の使徒》を使ってルーンガイアの人たちを誘拐《ゆうかい》していたみたいだし、自分の国でも創ろうとしてるんじゃない？」

「そ、そんなことを……？」

「あんな常軌《じょうき》を逸《いつ》してる奴のことだから分からないけどね。でも、ヴァリアスはかつて魔族の中の理《ルール》によって封印《ふういん》された。だから、今度は自分が理を創り出してやるんだ、とか考えていても不思議じゃないわ」

確かに、聞いていたヴァリアスの人物像や、直接対峙《たいじ》した時の印象からいっても、シシリーの仮説にはそれほど違和《いわ》感がない。

ヴァリアスが本当にルーンガイアの国を手中に収めようとしているなら、絶対に阻止《そし》する必要がある。

それに、ヴァリアスは計画を「実行に移す」とも言っていた。

とすると、ヴァリアスの行方を一刻も早く追わなければならない。

「クレス。君の【絵札占師《アルカナミスト》】の能力で視えたのはヴァリアスとこの滝とを紐付《ひもづ》ける情報だったよな？

それなら、もう一度ここでジョブの能力を使えば、その情報も更新《こうしん》されて奴の行き先に見当がつくんじゃないか？」

「あ……。確かにそうですね。ちょっと待っていてください」

クレスはそう言って、光り輝く絵札を召喚する。

「これは……白髪《はくはつ》のローブを纏った男に、塔《とう》？」

その手に握られていたのは、白髪《はくはつ》のローブを纏った男の絵札。ヴァリアスを示すものだろう。

そしてもう一枚あるのは塔を描いた絵札だった。

――塔、か。ルーンガイアの中で塔となると……。

「配水塔……」

クレスが呟き、皆が同じものを思い浮かべる。

「配水塔っていうと、わたしたちが初めてルーンガイアに来た時に見上げた、大きい塔のことだよね？　あの城下町にある」

「そうですね、テティちゃん。あれ以外に塔と思えるような建物はありませんでしたし」

ヴァリアスがルーンガイアの配水塔で何をしようとしているかは分からない。

しかし、ルーンガイアの中心地にそびえる塔に向かい、そこでヴァリアスが何かしらの計画を実行に移そうとしているのだとすれば、不穏な空気を感じざるを得ない。

「よし。とりあえず、すぐに城下町の方へ戻ろう。ヴァリアスがそこでルーンガイアを脅かす計画を行おうとしているのであれば、絶対に阻止するぞ」

皆が頷くのを見て、俺は《魔獣召喚》のジョブスキルを使用し、黒狼ヘルハウンドを召喚する。コイツに乗っていけば、移動時間も短縮できるはずだ。

俺の次にシシリーが跨《また》がり、テティ、クレス、メイアと続いた。


「シシリー。今のうちに確認しておきたいことがあるんだが」

「何？　執行人サン」

ヘルハウンドを走らせる最中、俺の後ろにいるシシリーに向けて問いかける。

「ヴァリアスの持つジョブについてだ。シシリーは知っているか？」

「ええ。自慢気《じまんげ》に話しているのを聞いたことがあるからね。奴のジョブは【死者の再定義《ネクロリバイバー》】といって、それで魔族の死体からジョブの能力を抜き取っているのよ。一体何のためにそんなことをしているのか分からないけどね」

「そうか。やはりそういうジョブか」

俺が思考を巡らせていると、背後から声がかかる。

「残念だけど、ジョブを刈《か》り取るだけじゃ終わりにはできないと思うわ。【死者の再定義《ネクロリバイバー》】のジョブを執行人サンの大鎌で刈り取ればそれは悔しがるでしょうけど、ジョブと関係なく資格が与えられる《魔晶石》は使えるはずよ。戦闘において脅威《きょうい》なのに変わりはないわ」

「……そうなるな」

シシリーは俺の考えを察したようだった。

確かに、ヴァリアスのジョブをイガリマで刈り取るという方法での決着は難しいだろう。

俺は過ぎ去る景色を横目にヴァリアスの対策を頭の中で巡らせる。

ヴァリアスのジョブを刈り取って終わらせることはできない。だとすれば、戦闘で屈服《くっぷく》させるのが思いつく方法だが、奴は複数の《魔晶石》を持っている。それが容易でないことは想像がつく。

「……」

と、そこである考えが浮かぶ。

「なあ、シシリー。もう一つ確認したいんだが、《魔晶石》って誰もが使えるわけじゃないんだよな？」

「そうね。前にも少し話したと思うけれど、『資格』というものが必要なのよ」

「……」

「執行人サンも知っての通り、《魔晶石》は誰にでも扱える代物《しろもの》じゃない。古代遺物を扱える人間が限られるのと同じね。もっとも、ヴァリアスはそのことを喜んでいたようだったけど」

「喜んでいた？」

「『神から授かるジョブを自分で選べないのと同じように、僕が作り出した《魔晶石》を扱う資格を授かることができるかどうかも、また自らが選ぶことはできない。だから、自分は神と同じ領域に達したのだ』これが、ヴァリアスが封印される前に残した言葉よ。理解できないわよね」

シシリーの言葉には心の底からヴァリアスを侮蔑《ぶべつ》する意思が込められていた。

それは俺も同じ。曲解した価値観で何人もの同族を手にかけておきながら神を名乗るなど、反吐《へど》が出る。

　ましてやシシリーは両親を殺されているのだ。怒りと表現することすら生温《なまぬる》い感情を胸に抱いているのだろう。

「執行人サン」

　不意に、俺の腰《こし》に回したシシリーの手に力が込められる。

「悔しいけれど、私じゃヴァリアスに歯が立たなかった。でも、私は決して奴を許したりなんてできない。だから――」

　シシリーの手は小刻みに震えていた。

　俺は振り返ることはせずに、けれど、彼女《かのじょ》の想いに応《こた》えてはっきりと告げる。

「ああ、任せろ。これでも《復讐代行屋》だからな」

「そう、だったわね……。分かった。私の復讐、貴方に託《たく》すわ」

　俺はその言葉に頷き、必ずヴァリアスを執行すると心に誓《ちか》った。

# ６章　黒衣の執行人《しっこうにん》、アデル・ヴァンダール

「あれは……」

　ルーンガイアの城下町が見える場所まで来て、目に飛び込《こ》んできたのは街を襲《おそ》う魔獣《まじゅう》の群れだった。

「な、なぜ街に魔獣が⁉」

　叫《さけ》んだのはクレスだ。

　以前、ルーンガイアは街中に張り巡《めぐ》らせた水路に特殊《とくしゅ》な水を流すことで魔獣などの外敵の侵入《しんにゅう》を防いでいるとクレスに説明されたことがあるが、今はそれが機能していないらしい。

「あの水路の大元は配水塔《とう》。となると……」

「ええ。きっと、ヴァリアスが何かしたんでしょうね」

　俺《おれ》はシシリーの言葉を受けて舌打ちする。

　ヴァリアスが何故《なぜ》こんなことをするのかは不明だが、いずれにせよ奴《やつ》を止めなくてはならない。

「おお、姫様《ひめさま》！　戻《もど》られましたか！」

「ハリム！」

　俺はクレスの付き人ハリムが叫ぶ姿を見て、ヘルハウンドを停止させた。

　クレスが真っ先にヘルハウンドから降り、俺たちもそれに続いてハリムの元へと駆《か》け寄る。

「ハリム、これは一体……」

「分かりませぬ。突如《とつじょ》として街に魔獣がなだれ込んできまして。今は兵たち総出で魔獣の対処に」

「お父様は？」

「フラン殿《どの》が付き添《そ》ってくれております。しかし、このままでは王宮まで魔獣が到達《とうたつ》するのも時間の問題かと……」

俺はその状況《じょうきょう》を聞いて、メイアとテティに視線を送る。

二人はそれで俺の意図を察してくれたようだった。

「二人とも、街を頼《たの》む。俺は配水塔へ向かう」

「はい！」

「任せて、アデル！」

二人の隣《となり》ではクレスが不安そうな表情を浮《う》かべていたが、すぐにそれは決意の満ちたものへと変わる。

「ご武運を」と小さく呟《つぶや》いた後は俺に背を向け、そこから振《ふ》り返ることはしなかった。

腰《こし》から抜《ぬ》いた剣《けん》を掲《かか》げ、ハリムとその後ろに控《ひか》えていた兵たちを鼓舞《こぶ》すべく声を上げる。

「ハリム、私が陣頭《じんとう》指揮を執《と》ります！　今こそ、この国を守る時です！」

「……」

──王女らしくない王女様、というのは撤回《てっかい》しなくちゃな。

俺がクレスの姿を見届けた後、再びヘルハウンドの方へと足を向けると、シシリーがその前に立っていた。

シシリーもまた、クレスと同じように何かを決意した目で俺を真《ま》っ直《す》ぐに見つめている。

「執行人サン、私も行くわ。この目で、見届けたいの」

「……分かった」

俺は頷《うなず》き、シシリーとともに配水塔へと向かうことにした。

＊＊＊

配水塔の元まで来た俺とシシリーは、ヘルハウンドから降りて内部に侵入した。

そしてすぐさま、長く螺旋状《らせんじょう》に続く階段を駆け上がっていく。

塔の内部にも魔獣が何匹《びき》かいたが、俺たちは足を止めること無く、互《たが》いにジョブスキルを行使しながら退けていった。

そうして戦闘《せんとう》を繰《く》り返しつつも最上階へと到達する。

ルーンガイアの城下町へと水を送る機構を備えた場所というだけあり、広々とした空間だった。

中央には巨大《きょだい》な女神《めがみ》像が設置されており、その女神像が肩《かた》に掲げた水瓶《みずがめ》から大量の水が注がれている。単なる水道の処理施設《しせつ》ではなく、教会のような空気感がある。

《アモンアスの滝《たき》》からヘルハウンドで移動する道中にクレスから聞いたが、あの女神像がルーンガイアの水路へ魔力を帯びた水を供給する上で重要な働きを成しているのだという。

そして、その女神像に手を掲げるようにしながらこちらを振り返る人影《ひとかげ》があった。

同胞《どうほう》殺しの魔族、ヴァリアス・ランダークだった。

「君はさっきの……。どうして僕《ぼく》がここにいると分かった……」

「さあな。答える義務は無いと思うが？」

俺の返しを受けて、ヴァリアスは苛立《いらだ》たしげに歯噛《はが》みする。

「執行人サン。魔力分解の《魔晶石》で女神像の働きを阻害《そがい》しているみたいよ」

隣に立つシシリーが状況を静かに分析《ぶんせき》した。

なるほど。城下町に魔獣が侵入しているのはやはりヴァリアスのせいらしい。

洞窟《どうくつ》で別れた時に言っていた通り、斬《き》られた腕《うで》についても復元している。恐《おそ》らく何かしらの《魔晶石》の能力を使用したのだろう。

油断なくイガリマを構えながら、俺は《アモンアスの滝》で対峙《たいじ》する前にしたのと同じように、ヴァリアスの執行係数を表示させる。

＝＝＝＝＝＝＝＝＝＝＝＝＝＝＝＝＝＝＝＝
対象：ヴァリアス・ランダーク
執行係数：４５９９８２３ポイント
＝＝＝＝＝＝＝＝＝＝＝＝＝＝＝＝＝＝＝＝

「……」

かつてヴァンダール王国を支配しようと目論《もくろ》んでいたマルクの、倍近い執行係数。

それは、ヴァリアスという男がこれまでに重ねてきた悪行を示していた。

「凄《すご》いな。さすがの俺もお前ほどの悪には会ったことがないよ」

「この僕が、悪だと……？」

「シシリーから聞いたぞ？　お前は同胞を何人も手にかけたそうじゃないか。おまけに、こうやってルーンガイアの国まで汚《けが》そうとして」

「フン。それのどこが悪だと言うんだ」

「あ？」

「誰《だれ》だって、生きていて辛《つら》いこともあるだろう？　だから、僕はそんな者たちの手助けをしてやってるのさ。死という名の救済によってね」

「……」

「おまけに、死んでなお僕の役に立てるようにしてやっているんだ。そんな僕を悪だと決めつけるなんて、君は何様のつもりだい？　人間風情《ふぜい》が、この僕に意見するんじゃないよ」

「……分かった。理解できないようならもういい」

何のためにルーンガイアを脅《おびや》かそうとするのかは気になるところだが、今はヴァリアスを退けることが先決だ。

＝＝＝＝＝＝＝＝＝＝＝＝＝＝＝＝＝＝＝＝＝＝＝＝＝＝＝
累計執行係数《るいけい》：３６７７２８３ポイント
執行係数３００００ポイントを消費し、《神をも束縛する鎖《レージングル》》を実行しますか？
＝＝＝＝＝＝＝＝＝＝＝＝＝＝＝＝＝＝＝＝＝＝＝＝＝＝＝

俺は表示させた青白い文字列の内容を承諾《しょうだく》し、ヴァリアスに向けて黄金色の鉄鎖《てっさ》を放った。

「なっ⁉　この鎖《くさり》は……⁉」

「さっきも言っただろう。答える義務は無いと」

俺が放った鎖はヴァリアスを捕《と》らえ、その動きを封《ふう》じる。

後はマルクの時と同じく、亜《あ》空間に放《ほう》り込んでやる。

＝＝＝＝＝＝＝＝＝＝＝＝＝＝＝＝＝＝＝＝＝＝＝＝＝＝＝
累計執行係数：３６４７２８３ポイント
＝＝＝＝＝＝＝＝＝＝＝＝＝＝＝＝＝＝＝＝＝＝＝＝＝＝＝
執行係数１０００００ポイントを消費し、《亜空間操作魔法《デジョネーター》》を実行しますか？
＝＝＝＝＝＝＝＝＝＝＝＝＝＝＝＝＝＝＝＝＝＝＝＝＝＝＝

表示させた青白い文字列の内容を承諾しかけたその時。ヴァリアスが女神像に掲げていた手とは反対の手に持っていた《魔晶石》へと視線を落とし、俺の背後にいたシシリーから声がかけられる。

「執行人サン、気をつけて！　あの《魔晶石》は――」

シシリーが言い終わる前に、鎖で束縛《そくばく》されていたはずのヴァリアスの姿が消えた。

「――っ」

危険を察知した俺は、咄嗟《とっさ》に《亜空間操作魔法《デジョネーター》》の使用を取り止め、別のジョブスキルを発動する。

「《土精霊の加護《クレイノーム》》発動――」

「何だとっ⁉」

俺のすぐ目の前に現れたヴァリアスが驚愕《きょうがく》する。

どうやら俺の選択《せんたく》は正解だったらしい。《土精霊の加護《クレイノーム》》のジョブスキルによって召喚《しょうかん》した土の防護壁《ぼうごへき》が、俺に掴《つか》みかかろうとしたヴァリアスの手を阻《はば》んでいた。

「チッ！」

不可解な現象に遭遇《そうぐう》して危《あや》うしと見たのか、ヴァリアスは俺から距離《きょり》を取り、塔の端《はし》の方まで移動していた。

「君、一体何なんだ？　僕の腕を斬ったその大鎌《おおがま》といい、先程《さきほど》の鎖の能力といい、《魔晶石》も使わずに複数のジョブスキルを使用するなんて……。まるで、僕を封印《ふういん》したあの男みたいじゃないか」

焦燥《しょうそう》を浮かべるヴァリアスには構わず、俺はいつまた奴が消えてもいいように注視する。

どうやら奴が消えてから出現するまでには若干《じゃっかん》の間があるらしい。それなら、とりあえずの対応は取ることができそうだ。

「そういえば、答えてはくれないんだったね。まあいい。君が特殊な、とても特殊なジョブの使い手だということは分かったよ。……クク、ククク」

「何がおかしい？」

「君を見てとても興味が湧《わ》いてきてね。僕の計画の糧《かて》にしたいと、そう思ったわけだよ」

「……滝裏の洞窟でも言っていたな。お前の計画というのは何なんだ？」

「フフン、良いよ。僕は君と違《ちが》ってサービス精神旺盛《おうせい》だからね。答えてあげよう」

言って、ヴァリアスは大仰《おおぎょう》に両手を広げ、喜々《きき》として語ろうとする。

なるほど、コイツは相手を煽《あお》るような言い方をしないと気がすまないタチらしい。

「《魔晶石》が魔族からジョブの力を抽出《ちゅうしゅつ》したものだということは知っているだろう？　僕はね、君たち人間からも同じことができるんじゃないかと思っているんだ」

「人間から《魔晶石》を？　まさか、そのためにお前は《救済の使徒》を使ってルーンガイアの国民を集めようとしていたのか？　あんな機械仕掛《じか》けの魔獣まで貸し与《あた》えて」

「……何故そのことを知っている。いや、そういうことか。奴らを壊滅《かいめつ》させたのは君なんだね」

「……」

「フフフ、いいねいいね。ガーディアンキマイラまで倒《たお》していたとは、俄然《がぜん》君に興味が湧いてきたよ。そう、その通りさ。まず実験を行うには大量の素材を用意するのが大切だからね。どうやら君に阻まれてしまったみたいだけど、良しとしよう」

ヴァリアスは塔の端から眼下に広がる光景を見て呟く。

「見たまえよ。僕が呼び込んだ魔獣が暴れてくれれば、きっと多くの死体《そざい》が手に入る」

「お前の目的は何だ？　何故、人間に対象を広げてまで《魔晶石》を集めようとしている？」

「世界に僕という存在を認めさせるためさ」

「自分の存在を認めさせるだと？」

「君も《魔晶石》を扱《あつか》うには『資格』が必要だって知ってるよね？　創造主たる僕が造り出した《魔晶石》を、資格のある者だけが使用する。それって何だか、世界が僕にひれ伏《ふ》しているようでゾクゾクするよねえ。だから、僕はもっともっと《魔晶石》を広めてこの世界に僕を知らしめたいのさ。もっとも、素材を集めるためにこの国には犠牲《ぎせい》になってもらおうと思っているわけだけど」

まったく理解できない。

しかし、ヴァリアスの中ではそれが何よりも勝《まさ》る価値観なのだろう。

「僕はね、かつて魔族から封印されたことがあるのさ。どうしてだか分かるかい？」

「お前が《魔晶石》を得るなんていう利己的な目的のために、同族を殺したからだろう？」

「いいや、違うね。奴らは嫉妬《しっと》したのさ。僕のこの天才的な頭脳にね」

「……」

「当時、僕を結界に閉じ込めて封印した男がいたんだよ。その男は、忌《い》まわしいことに複数のジョブを持っていたんだ」

──結界を操《あやつ》り、複数のジョブを持つ男？　まさか……。

ヴァリアスの話を聞いて、俺は脳裏《のうり》にある魔族の名を思い浮かべていた。

「変な話だよねぇ。その男だって相手を殺して新たな能力を得るって点では僕と一緒《いつしよ》だったんだ。でも、その男は魔族の中でも称賛《しようさん》を浴びて、僕は受け入れられなかった。殺す対象が当時敵対していた人間か、味方である魔族かって違いだけでね。別に敵だろうが味方だろうが、一緒なのに」

「……」

「でも、最近になって僕を封じていた結界が解かれたんだよ。その時、僕は歓喜《かんき》に湧いたさ。ついにあの男の手から逃《のが》れることができたんだって。何で急に結界が解かれたのかは分からないけどね」

「……」

「まあ、あの男が死んだって考えるのが自然なんだろうね。そうなると、神は僕の方を選んだってわけだ。やっぱり僕は世界に愛されるべき存ざ──」

「いや、そうじゃないな」

「……は？」

俺が口を挟《はさ》むと、それまでベラベラと語っていたヴァリアスが呆《ほう》けた声を漏《も》らす。

「単にアイツは、自分の目的のために他の犠牲を厭《いと》わなかった。だから執行したんだ。別に神が選んだからとかじゃない」

「き、君は一体何を言って……」

「マルク・リシャール。それがお前を封印していた者の名だろう？」

「――――⁉」

ヴァリアスが俺の言葉を聞いて目を見開く。

肯定《こうてい》ということだろう。

「他人を理不尽《りふじん》で踏《ふ》みにじろうとしているって点では、確かにマルクもお前も一緒だ。だがな、決してマルクのことを擁護《ようご》するわけじゃないが、まだ俺としてはアイツの価値観の方が理解できたよ」

「まさか、僕を封印していた、奴の結界が消えたのは……」

「俺が倒したからだろうな」

「な……。人間風情が、あのマルクを……」

ヴァリアスが顔を引きつらせて後退《あとじさ》りする。よほど受け入れがたい事実だったらしい。

けれど、俺にとってそんなことはどうでも良かった。

俺は隣に立つシシリーを見やる。

シシリーの紫色《むらさきいろ》の瞳《ひとみ》もまた俺を見返してきて、「お願い」と小さく唇《くちびる》が動いた。

「さて、長話もそろそろ終《しま》いにしよう。執行の時間だ」

「ク……ク……」

「最後に一つ教えておいてやる。俺は理不尽を振りまく奴が大嫌《だいきら》いでな。だから今回も同じだ。俺はお前に、執行の鎌を振るう」

「ず、図に乗るなよ！　僕の発明した《魔晶石》が、君なんかに負けるものか！」

俺はイガリマを水平に構え、ヴァリアスを目で捉《とら》える。

——執行係数4599823ポイント。

この極《きわ》めて高い数値を参照して漆黒《しっこく》の大鎌を手にした時、俺は理解していた。

恐らく、今のイガリマなら全《すべ》てを刈《か》り取ることができると——。

——ジョブは、神から異能の力を授かり行使する「資格」。そして、《魔晶石》を扱うのもまた、「資格」。それならば……。

＝＝＝＝＝＝＝＝＝＝＝＝＝＝＝＝＝＝＝＝＝＝＝＝＝＝＝＝＝＝

累計執行係数：36372883ポイント

執行係数700000ポイントを消費し、《因果掌握《しょうあく》》を実行しますか？

＝＝＝＝＝＝＝＝＝＝＝＝＝＝＝＝＝＝＝＝＝＝＝＝＝＝＝＝＝＝

承諾——。

五感が研ぎ澄《す》まされ、ヴァリアスの一挙手一投足がよく視《み》える。

——先程の《魔晶石》を使用。出現位置は……。

口の動き、目線の動きから、俺はヴァリアスの次の一手を読み切った。

ヴァリアスの姿が消えたのを確認《かくにん》し、俺はある地点に向けて疾駆《しっく》する。

「なぁっ⁉」

次にヴァリアスが姿を現したのは俺の予想通りの位置だった。

姿を消して移動しようとしても、あれだけはっきりと次の出現位置を目で見ていては筒抜《つつぬ》けだ。

ヴァリアスは確かに特異な頭脳を持つ科学者かもしれない。しかし、戦いに身をやつしてきた戦士ではない。

「《刈り取れ、イガリマ》――」

俺は、漆黒の大鎌に命じ、イガリマを振り下ろす。

――ギシュッ。

金属をすり潰《つぶ》したような音が響《ひび》く。

「ぐっ……。斬られた、のか……」

確かに命中を受けたはずだが、痛みを感じないと思ったのだろう。

ヴァリアスが奇怪《きっかい》なものを見るような目で俺の方を向いていたが、逃《に》げることにしたらしい。

配水塔の外へと体を向け、《魔晶石》の使用を試みる。

しかし――。

「な、何故だ⁉　何故《魔晶石》が反応しない⁉」

ヴァリアスの手にしている《魔晶石》は、それまでの淡《あわ》い光を失っていた。

「くっ！　ど、どうして……！」

狼狽《ろうばい》しながら、縋《すが》るように《魔晶石》の解放を唱えるヴァリアスの声。

――無駄《むだ》だ。その声はもう届かない。

《魔晶石》を操るのに必要なのが「資格」なら、その「資格」を刈り取れば、《魔晶石》も使用できなくなる。

今まで、ジョブという異能の力を行使する資格を奪《うば》ってきたイガリマだ。あれだけの執行係数を参照したイガリマなら、《魔晶石》を扱う資格も刈り取れると、きっと応《こた》えてくれると思っていた。

「先に言っておくよ。執行完了《ざまあみやがれ》――」

俺はヴァリアスを《神をも束縛する鎖《レージングル》》で捕縛《ほばく》する。

「くそっ！　くそぉおおおお！」

そして、俺が続けて発動した《亜空間操作魔法《デジョネーター》》に飲み込まれるその瞬間《しゅんかん》まで、ヴァリアスは《魔晶石》を手にして叫ぶ。

しかし、《魔晶石》は奴を拒絶《きょぜつ》するかのように、何の反応も返してくれない。

ヴァリアスは苦悶《くもん》の表情を浮かべていて、それを最後に亜空間に呑《の》まれていった。

＝＝＝＝＝＝＝＝＝＝＝＝＝＝＝＝＝＝＝＝＝＝＝＝＝＝＝＝

ヴァリアス・ランダークの執行完了を確認しました。

執行係数４５９９８２３ポイントを加算します。

累計執行係数：８２３７１０６ポイント

＝＝＝＝＝＝＝＝＝＝＝＝＝＝＝＝＝＝＝＝＝＝＝＝＝＝＝＝

# エピローグ

「アデルさん。本当にありがとうございました」

ルーンガイアの国境にある関所にて。

帰国の途《と》につこうとしている俺《おれ》たちを、クレスはわざわざ見送りに来てくれた。

ヴァリアスとの一件があったのがひと月ほど前のこと。

幸いにもヴァリアスを退けたことでルーンガイアの水路の機能は復活し、メイアやテティ、それにクレスらが対処に当たってくれたこともあって、ルーンガイアに大きな被害《ひがい》が出ることはなかった。

あの一件があってから、俺たちはルーンガイアの国内にひと月ほど留《とど》まっていたが、今日こうして元いたヴァンダール共和国へと帰還《きかん》することになった。

ヴァンダール共和国を空けてしばらく経《た》つし、【執行人《しっこうにん》】の仕事の件もある。かつての依頼人《いらいにん》であるリリーナなどからも手紙で近況《きんきょう》の報告は受けていたが、一度戻《もど》って状況《じょうきょう》を確認《かくにん》しておいた方が良いだろうと、メイアやテティとも話し合った結果だった。

「皆《みな》さんがいなくなってしまうのは凄《すご》く寂《さび》しいことですが、きっとまたルーンガイアの街を訪《おとず》れてくださいね。アデルさんたちでしたら、いつでも大歓迎《だいかんげい》ですから！」

「そうだな。でも、またどうせすぐに会えるんだろう?」

「ふふ。確かにそうですね。きっとまた、すぐにお会いできると思います。次は私の方から皆さんのヴァンダール共和国に伺《うかが》いますね」

クレスはそう言って柔《やわ》らかく微笑《ほほえ》む。

実は先日、ゼイオス王に出国の挨拶《あいさつ》に伺った際、言われたことがある。

今後、俺たちが元いた国——ヴァンダール共和国とルーンガイアとで、積極的な国交を図《はか》らないかという打診《だしん》だった。

その話を聞いたクレスが親善大使に名乗りを上げたため、近々俺たちの国を訪れることになっているのだ。

それでも名残惜《なごりお》しいようで、皆がそれぞれの挨拶を交《か》わす。

「クレス様、本当にありがとうございました。私、ルーンガイアでのこと、忘れません」

「わたしも。とってもいい国だった。次は王女様ともっと色んな所を巡《めぐ》ってみたい」

「王女様、王宮の料理、美味《おい》しかったッス。また機会があればご馳走《ちそう》になりたいッス」

「あれ？　フラン、前に王宮の料理、口に合わないとか言ってなかった？」

「わわっ！　テティ、そこは内緒《ないしょ》ッスよ！」

自然と笑い声が起こり、ルーンガイアでの最後の時間が過ぎていく。

「それじゃあクレス、また。いただいた看板、ありがたく使わせてもらうよ」

「はい。アデルさん。また近い内に、必ず」

そうやって言葉を交わし、俺はクレスが彫《ほ》ってくれた《銀《ぎん》の林檎亭《りんごてい》》の看板が入っている麻袋《あさぶくろ》を抱《かか》えて歩き出す。

「アデルさん」

メイア、テティ、フランも俺に続き、関所を出ようとしたところ、クレスから声をかけられた。

「やっぱりあの日、アデルさんに依頼をして良かったと思っています。改めて、本当にありがとうございました」

＊＊＊

「さて、と」

関所を出てからしばらく歩き。

「そろそろ出てきたらどうだ？」

俺が後ろを振《ふ》り返ると、木の陰《かげ》に隠《かく》れていたシシリーが姿を見せる。

「あはは。やっぱり執行人サンには敵《かな》わないな。尾《つ》けているの、ずっとバレてた？」

大きめの魔女帽子《まじょぼうし》の奥《おく》に照れ隠しの笑いを浮《う》かべながら、シシリーは俺の元へと近づいてきた。

「どうしたんだ？　何か俺に用事か？」

「んー？　執行人サンに改めてお礼を、と思ってね」

「いや、お礼ならあの時、散々言ってくれたじゃないか」

ヴァリアスを倒《たお》した後のことだ。

自分の復讐《ふくしゅう》を果たしてくれてありがとうと、シシリーは何度も頭を下げてくれた。

俺が単に嫌《きら》いな奴《やつ》を執行しただけだと告げると、「やっぱり執行人サンはお人好《ひとよ》し」という言葉をもらうことになったのだが。

「まだ執行人サンに渡《わた》せていないものがあると思ってね」

「渡せていないもの？」

「ええ。そこの情報屋サンから聞いたわ。執行人サンに依頼する時は、いつも決められた枚数の硬《こう》貨《か》を渡して依頼をする決まりなんですってね」

「ああ……」

ヴァリアスを執行する前、シシリーは俺に復讐を託《たく》し、俺はそれを《復讐代行屋》として請《う》け負うと言っていた。その件について言っているのだろうか。

「いや、別に今さら金を貰《もら》おうとは思わないが」

「ううん。私はこういうのはちゃんとする主義なの。でも、生憎《あいにく》今は手持ちが無くてね」

「……」

それなら何で今言ってきたんだと思ったが、俺はすぐにシシリーの意図を察する。

「だからね、えっと……。あの時の依頼の分、執行人サンの酒場で働かせてくれないかなって。私行く宛《あ》ても、目的も無くなっちゃったし」

「ああ、なるほど」

やはり思った通りの言葉がシシリーから発せられた。

俺としての言葉は決まっている。

皆とも視線を交わすが、思いは一緒のようだった。

「駄目《だめ》、かしら……？」

随分《ずいぶん》としおらしい上目遣《うわめづか》いでシシリーが見上げてくる。

そんなシシリーに向けて、俺は手を差し出した。

「いや、これからまだまだ執行しなくちゃいけない輩《やから》はいるだろうからな。よろしく頼《たの》むよ」

俺がそう伝えると、シシリーは嬉《うれ》しそうに俺の手を取った。


そうして、俺たちは元いた場所へと向けて歩き出した。

歩きながら、俺は林檎を取り出して齧《かじ》る。

次はどんな話が待っているだろうかと、思いを巡らせながら――。

# あとがき

こんにちは！　作者の天池《あまいけ》のぞむです。

この度《たび》は本作『黒衣の執行人《しっこうにん》は全《すべ》てを刈《か》り取る2』をお手に取っていただきありがとうございます。

前作、第一巻を世に出していただいたのが約半年前。

第一巻は各章ごとに依頼者《いらいしゃ》がいて、それぞれの抱《かか》えている問題を主人公アデルが解決していくという連作短編風味のストーリーでした。第二巻はルーンガイアという国を舞台《ぶたい》に、シシリーやクレスといったキャラクターたちの依頼《いらい》や問題を遂行《すいこう》、解決していくという物語になっております。

クレスに関しては第一巻の終わりにもチラッと出てきたキャラクターなのですが、シシリーに関しては完全な新キャラになります。実は彼女《かのじょ》をどういったキャラクターにするかは、第二巻を執筆《しっぴつ》する当初では未定でした。担当のＫ様のご助言のおかげで、魅力《みりょく》あるキャラクターに書けたのではないかなと思います。初めはゴーレムに乗った魔女帽子《まじょぼうし》を被《かぶ》る女の子って絵になるよなぁと何となく思っていたのですが、絵師のＫｅＧ様のイラストを拝見し、イメージ以上でびっくりした覚えがあります（笑）。

第二巻は、主人公のアデルはもちろんのこと、メイアやテティといった仲間キャラクターの活躍《かつやく》シーンもたくさんあります！　彼《かれ》ら（彼女ら）の織りなす物語を見て、何かを感じていただけたなら作者冥利《みようり》につきます。


最後に謝辞などを。

担当のK様、いつも本当にお世話になっております。K様からいただいたアドバイスを元に書いてきて、こうして第二巻を皆様《みなさま》にお届けすることができました。今後ともよろしくお願いします。

イラスト担当のKeG様。いつもKeG様からのイラストが送られてくるのを楽しみにしております。素晴《すば》らしいイラストの数々に唸《うな》るばかりでした。本当にありがとうございます。

本書の発刊に携《たずさ》わってくださった方々、皆様のお力のおかげで本書も世に出すことができました。大変な作業の数々をありがとうございました。

創作仲間や友人、家族、応援《おうえん》してくださった方々、おかげさまで第二巻を世に送り出すことができました。今後も全力疾走《しつそう》で創作活動を楽しみ、頑張《がんば》ってまいります。

最後になりますが、本書をお手に取っていただいた読者の皆様に最大限の感謝を述べさせていただきます。様々な方のお力をお借りしてお届けできた本作。少しでも楽しんでいただけたなら幸いです。

それでは、またお会いできることを願いつつ。

天池　のぞむ

DRAGON NOVELS
ドラゴンノベルス

黒衣の執行人は全てを刈り取る2

2023年9月5日　初版発行

著　者　天池《あまいけ》のぞむ

発行者　山下直久

発　行　株式会社 KADOKAWA
〒102-8177　東京都千代田区富士見 2-13-3
電話 0570-002-301（ナビダイヤル）

編　集　ゲーム・企画書籍編集部

装　丁　AFTERGLOW

D T P　株式会社スタジオ２０５ プラス

印刷所　大日本印刷株式会社

製本所　大日本印刷株式会社

DRAGON NOVELS ロゴデザイン　久留一郎デザイン室+YAZIRI


●お問い合わせ
https://www.kadokawa.co.jp/（「お問い合わせ」へお進みください）
※内容によっては、お答えできない場合があります。
※サポートは日本国内のみとさせていただきます。
※ Japanese text only

定価（または価格）はカバーに表示してあります。



ISBN978-4-04-075113-9　C0093